Der Aftermath Effekt

eine Raymond Ashford Geschichte

von

Tobias K. M. Mandel

Bibliografische Information der Deutschen Nationalbibliothek:
Die Deutsche Nationalbibliothek verzeichnet diese Publikation
in der Deutschen Nationalbibliografie; detaillierte bibliografische
Daten sind im Internet über dnb.dnb.de abrufbar.

© 2018 Tobias Mandel
1. Auflage

Herstellung und Verlag:
BoD – Books on Demand, Norderstedt

ISBN: 9783748110958

Inhaltsverzeichnis

Prolog

Zeitungsausschnitte

Doppelmord erschüttert Haven

Vergangenen Montag ereignete sich in der Innenstadt von Haven ein grausames Verbrechen: Das Ehepaar Kyle und Magret Ashford wurden ermordet aufgefunden.

Entdeckt wurden die beiden ausgerechnet von dem gemeinsamen Kind der beiden, Raymond. Der zehnjährige fand seine Eltern, als er von der Schule nach Hause gekommen war. Er steht bisher noch immer unter Schock.

Der einzige Lichtblick: Onkel Ryan Ashford, Leiter der Detektei Ashford, nahm den Jungen sofort bei sich auf.

»Das ist zumindest etwas, was ich für den Jungen tun kann«, meinte Mr. Ashford.

»Mein eigener Sohn Dave freut sich über die neue Gesellschaft, auch wenn er noch nicht so recht versteht, warum Raymond so traurig ist.«

Wir wünschen dem Jungen alles Gute und hoffen, dass er eines Tages in der Lage sein wird, seine Trauer zu verarbeiten.

Von dem Täter oder den Tätern von diesem grausamen Blutbades gibt es bisher keinerlei Spuren. Auch das Motiv ist bisher unbekannt. Aber die Polizei hat zumindest einige Spuren sichergestellt und die Ermittlungen laufen auf Hochtouren.

Mich selbst schmerzt diese Tat schwer, denn ich kannte die Ashfords persönlich.

Sie lieferten niemals jemanden einen Grund, sie zu hassen. Und dennoch traf sie ein solches Schicksal.

Keine Zeile, die ich je schreiben werde, würde meine eigene Traurigkeit über diesen Verlust zum Ausdruck bringen.

Gott habe sie seelig.

Von unserem Mitarbeiter: Matthew White.

Haven News Paper
Lokalteil, 01.06.2009

Kommentar:
In Gedenken an einen großartigen Mann

»Wenn ich zurück an meine Arbeit beim Haven Prophet denke, erinnere ich mich am meisten an Matthew White. Er war mein Mentor während meiner Zeit dort. Bis heute ist es mir unbegreiflich, wieso er sterben musste. Noch weniger, warum die Polizei nie im Stande war, etwas über diesen Fall herauszufinden. Was ich daraus als Lehre ziehen kann ist, dass man als Enthüllungs-journalist niemals sicher lebt. Matthew ließ in seiner Zeit viele Verbrecher auffliegen und verdient unser aller Ansehen. Wenn ich heute gefragt werde, warum ich dann meinen Job beim »The Haven Prophet« auf-gegeben habe, werde ich sagen, dass es nie an der Angst lag, sondern weil mich der Verlust von Matthew viel zu sehr schmerzt. Alles an dieser Arbeit erinnert mich an ihn. Haven verlor nicht nur einen großartigen Bürger, nein, er verlor einen echten Helden. Wenn ich selbst könnte, würde ich alles dafür tun, um den Täter hinter diesem Verbrechen zu finden. Aber alles was ich tun kann, ist der Polizei viel Erfolg bei den Ermittlungen zu wünschen. Und ich hoffe, eines Tages dieselbe Stärke zu erlangen wie sonst nur Matthew sie hatte.«

Von Katharina May, Mitglied der Redaktion

Haven News Paper
Lokalteil, 15.07.2009

Serienmörder Stanley Reece durch Heldentat zur Strecke gebracht.

Raymond Ashford, Mitarbeiter der Detektei Ashford, ist der Name für den Mann der Stunde:

Am vergangen Sonntag überschlugen sich die Ereignisse an den Docks von Haven: Mr. Ashford erschoss den Täter, der an den Morden von Edward Smith, einem wohlhabenden Immobilienmakler aus der Uptown sowie Matthew White, Journalist beim Magazin »The Haven Prophet« verantwortlich war.

Die Vermutung liegt nahe, dass White dem Täter auf die Spuren gekommen war und deshalb sterben musste.

Dies war aber nicht die einzige Leistung von Raymond Ashford an diesem Abend. Er rettete das Leben von Albert Granhill, Chief Constable des Haven Police Department und entlarvte die Identität des Mörders. Sein Name lautete Stanley Reece.

Die Polizei schickte in den vergangenen Tagen Taucher in das Meer, um nach der Leiche von Reece, die laut Aussagen von Ashford und Granhill nach dem Schuss in das Wasser gefallen sei, zu suchen. Diese Suche verlief bisher ohne Erfolg.

»Natürlich werden wir weiter nach Reece suchen«, sagte Granhill. »Aber das ist mir egal. Viel wichtiger für mich ist das, was Mr. Ashford vollbracht hat. Er begab sich selbst in größte Gefahr um mich zu retten. Das werde ich ihm nie vergessen.«

Mr. Ashford verweigerte wie immer ein Interview mit der Presse.

»Auch wenn wir nie Worte von ihm selbst zu hören bekommen, sind wir um seine Hilfe immer wieder dankbar«, erklärte uns Bob McMillan, ein Polizist, der den Fall bearbeitete. »Wir haben dem Fall wegen seiner Leistungen intern sogar einen Spitznamen gegeben: Die Reece Offenbarung.«

Wir können nun froh darüber sein, dass die »Reece Offenbarung« nun endlich Abgeschlossen ist und die Bürger wieder ein wenig ruhiger schlafen können.

Von Marcus Bolby, Mitglied der Redaktion

Detektei Ashford wechselt den Besitzer.

Das plötzliche Verschwinden von Ryan Ashford, ehemaliger Leiter der angesehenen Detektei Ashford in der Harper Road wirft zunächst viele Fragen auf.

Kurz nach dem jüngsten Aufschwung der Detektei, ausgelöst durch die Tat von Raymond Ashford in dem Fall Reece, verschwand Ryan Ashford ohne jede Spur und ernannte laut Unterlagen Raymond Ashford höchst-persönlich zum nächsten Leiter der Detektei.

Es gibt Gerüchte, dass Raymond Ashford seinen eigenen Onkel aus dem Weg geräumt hätte.

»Das ist absolut ausgeschlossen!« sagte Albert Granhill, Chief Constable des Haven Police Department. »Für solche Anschuldigungen gibt es keinerlei Beweise!«

Beweise gab es in der Tat keine, jedoch sollten die jüngsten Gerüchte nicht ungehört bleiben.

Fakt ist jedoch gegenwärtig, dass die Detektei nun von Raymond Ashford geleitet wird und diesem zunächst kein Strafverfahren droht.

Von Michael Finch, Mitglied der Redaktion

Haven News Paper
Lokalteil, 10.01.2010
Top und Flop der Woche.

Top:
CLAB im Aufwind

Kurz nach der Ernennung von Dr. Roberts als Leiter von CLAB, Havens größtem Chemielaboratorium im Industrieviertel scheint sich einiges zu tun. Es wurden zwar viele Mitarbeiter entlassen, aber der Umsatz der Firma stieg an und CLAB ist nun auf dem besten Weg, wieder unter die Top 10 der bedeutensten Chemiefabriken in ganz England zu kommen.

Dr. Roberts mag zwar sehr umstritten sein, aber unzweifelhaft von Vorteil für das Laboratorium, nicht zuletzt auch für die Karrierechancen junger Menschen.

Flop:
Detektei Ashford auf absteigendem Ast

Auf der anderen Seite ist die Detektei Ashford seit dem Verschwinden (manche sagen »Nach der Ermordung«) von Ryan

Ashford ohne größere Aufträge verblieben. Raymond Ashford habe sich seit diesem Vorfall nahezu komplett aus dem Geschäft zurückgezogen.

Ob dahinter Schuldgefühle oder Trauer stecken sei jedem selbst überlassen.

Von Michael Finch, Mitglied der Redaktion

Haven News Paper
Lokalteil, 12.01.2010

Kurznachrichten:
Einbruch in der Uptown.

Gestern ereignete sich ein Einbruch in der südlichen Uptown. Die Behörden gehen anhand der vorliegenden Indizien von mindestens zwei Tätern aus. Der Schaden ist allerdings verhältnismäßig gering ausgefallen (schätzungsweiße 400 Pfund), da die Täter nur in das Wohnzimmer eingestiegen sind, indem sich ein Fernseher und Bargeld befanden. Die Polizei fahndet bisher noch nach den Tätern.

K. M.

Haven News Paper
Lokalteil, 24.02.2010

Kommentar:
Raymond Ashford noch immer alleine.

Seit über einem halben Jahr ist Ryan Ashford noch immer ohne jegliche Spur aus Haven verschwunden. Das ist nun schon der zweite, große Verlust im Leben von Raymond Ashford.

Nach dem Tod seiner Eltern im Jahr 1990 nahm Ryan seinen Neffen bei sich auf. Dabei finde ich es unglaublich, wie viele Menschen behaupten würden, Raymond Ashford hätte bei dem Abgang von Ryan seine Hände im Spiel gehabt.

»Ich vermute, dass Mr. Ashford großen Schmerz in sich trägt und sich deshalb aus der Öffentlichkeit zurückzog«, sagte Dr. Igor Parell, Facharzt für Allgemeinmedizin und Psychologie.

Der Hobbyprofiler glaubt nicht, dass Raymond seinen Onkel ermordet haben könnte.

Eine weitere, wichtige Persönlichkeit, der Chief Constable Albert Granhill bezeichnet derartige Anschuldigungen als »absurd, skrupellos und absolut unbegründet, ja gar rufschädigend«.

Wichtig ist vor allem, auch wenn Raymond Ashford sich nie selbst dazu geäußert hat, dass es noch genug Menschen gibt, die immer noch an ihn glauben und besonders ich wünsche ihm viel Erfolg, sich erneut zu fangen und wieder zurück unter die Menschheit zu kommen.

Von Marcus Bolby, Mitglied der Redaktion

Haven News Paper
Lokalteil, 22.03.2010

Einbrüche mehren sich! Haven Police Department tappt im Dunklen.

Immer mehr Menschen sind in Sorge um ihr Hab und Gut. Zusätzlich zu den Einbrüchen in diversen Haushalten scheint das berüchtigte, bisher unbekannte Duo auch keinen Halt vor öffentlichen Plätzen zu machen. Gestern untersuchte das HPD (Haven Police Department) einen Einbruch im »Golden Hawk Pub«, eine Bar in der Innenstadt.

Wir berichten seit dem 08.01.2010 über Täter, die unaufhaltsam von den Docks bis zur Innenstadt regelmäßig Einbrüche begehen. Mit dem Einbruch von gestern sind bisher vier Fälle gemeldet. Die Täter sind laut Angaben der Behörden professionell organisiert. Fingerabdrücke und andere Indizien ergaben keine Treffer. Man fand an den betroffen Tatorten nie Fußabdrücke von mehr als zwei unterschiedlichen Personen. Betroffen waren bisher nur Privathaushalte.

Müssen nun auch Inhaber um ihre Geschäfte fürchten?

»Wir tun alles, was in unserer Macht steht, um die Täter dingfest zu machen. Bisher haben wir einige Fährten, denen wir momentan nachgehen«, sagte uns ein Sprecher des Departments knapp.

»Vor allem die Tatsache, dass die Täter kein festes Gebiet haben, sondern sprichwörtlich ganz Haven unsicher machen gestaltet den Fall schwierig.«

Die Bürger werden zur äußersten Vorsicht gebeten, bis das Duo geschnappt wird. Falls es mögliche Hinweise geben sollte, bitte an das Haven Police Department bei Albert Granhill wenden.

Tipps wie Sie sich am besten schützen können, finden Sie auf Seite zwei.

Katharina May, Mitglied der Redaktion

Endlich eine Verhaftung! Privatermittler R. Ashford schlug erneut zu.

Gestern Abend erreichte uns die Eilmeldung dass einer der zwei Täter, der an den berüchtigten Einbruchsserien teilnahm, die in Haven innerhalb der letzten 3 Monate andauerte, erfolgreich gefasst wurde.

Seit Wochen hielt das Duo die Bürger von Haven mit wiederholten Einbrüchen in Atem. Einer der Täter wurde durch den Privatermittler Raymond Ashford gestellt und anschließend von der örtlichen Polizei verhaftet. Man ertappte ihn auf frischer Tat als er versuchte, bei dem Juwelierhändler H. Schneider einzubrechen.

Ermittler Ashford wurde auch von eben diesem Juwelier, der sein Geschäft in der Innenstadt betreibt, angeheuert.

»Ich war zunehmend über die anhaltenden Einbrüche innerhalb der Innenstadt beunruhigt!« sagte dieser, »Und als ich von dem Einbruch in eine Bar bei mir in der Nähe hörte, wusste ich, dass ich handeln musste!«

»Ich hatte das Gefühl, die Polizei fand keinerlei brauchbare Spuren«, meinte ein weiterer Betroffener eines früheren Einbruches, der hier nicht näher genannt werden möchte. »Bis Mr. Ashford dann plötzlich mit mischte.«

Ashford selbst verweigerte gegenüber der Presse jegliche Stellungnahme.

Insiderquellen bestätigen jedoch, dass Mr. Ashford eine ausgezeichnete Auffassungsgabe habe und sehr gut in der Beschaffung von (Hintergrund-) Informationen sei.

Manche sind jedoch verwundert, warum es im letzten Jahr so still um Ashford geworden war. Jene sagen, dies hänge mit dem plötzlichen Untertauchen seines Onkels, Ryan Ashford, zusammen.

Der ehemalige Leiter der Detektei Ashford, die momentan von Raymond Ashford selbst geleitet wird, wird gegenwärtig seit gut einem Jahr vermisst.

»Umso erfreuter war ich, als mir Mr. Ashford seine Hilfe in der Angelegenheit zusicherte«, so Schneider.

Laut Angaben des Haven Police Department nennt sich der Verhaftete selbst »Ricky«.

Jedoch trug er keinerlei Personalien mit sich und weigert sich, seinen wahren Namen preiszugeben.

Ein Sprecher der Polizei sagte: »Bei der festgenommen Person gibt es keinen Eintrag in unseren Datenbanken.«

Bisher verweigert der Verhaftete jegliche Aussage, insbesondere im Bezug auf seinen geflohenen Partner. Bei der Verhaftung allerdings berichtete Albert Granhill, Leiter der Ermittlungen und zugleich Chief Constable des Haven Police Department, dass der Verdächtige seinen flüchtigen Partner »Coby« genannt hätte.

»Wir können jedoch anhand der Indizien bestätigen, dass es sich bei den Einbrüchen immer um die gleichen Täter handelte. Die Fingerabdrücke von »Ricky« stammen mit denen vom Tatort überein.«

Der zweite Täter ist derzeit auf der Flucht. Es wird vermutet, dass dieser zunächst für eine Weile untertaucht, was zumindest die Gefahr auf neue Einbrüche mindert.

»Natürlich sind wir dennoch bemüht, den flüchtigen Verdächtigen so schnell wie möglich zu finden«, sagte Granhill. Ganz Haven freut sich gewiss über diesen letzten großen Erfolg von Albert Granhill, der ab kommenden Monat seinen Ruhestand antritt und Platz für seinen Nachfolger, Robert Spencer, macht.

Granhill hat während seiner Amtszeit von über 25 Jahren als Chief Constable große Erfolge verbucht und wird dem Department als fähiger Polizist und guter Chef noch lange in Erinnerung bleiben.

Nähere Informationen zu den Einbrüchen und Raymond Ashford finden Sie auf Seite vier.

Einen Rückblick auf die Erfolge von Albert Granhill zeigen wir Ihnen auf Seite fünf.

Katharina May, Mitglied der Redaktion

Kapitel 1

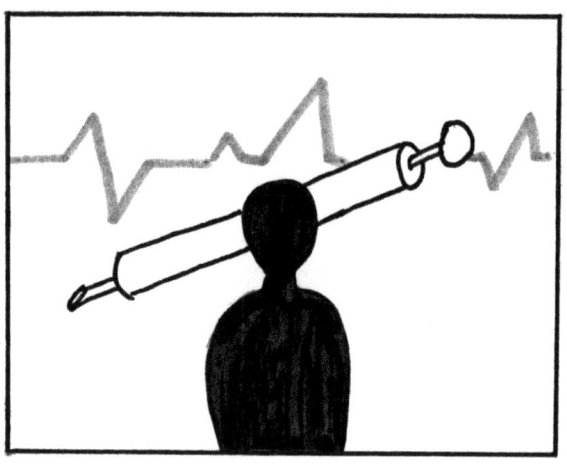

Alte Wunden heilen nicht

Upper Main Road, Innenstadt von Haven
Montag, den 03.05.2010
22:34 Uhr

Die Straßen von Haven lagen in nahezu vollkommener Stille. Nur in der Ferne bellte ein Hund. Aber sonst waren die Straßen um diese Zeit wie ausgestorben. Doch diese Stille wurde je durchbrochen, als ein Mann die Upper Main Road entlang rannte.

Hecktisch sah er sich nach allen Seiten um, während er weiter in Richtung Detektei Ashford rannte.

Niemand war hinter ihm. Trotzdem fühlte er sich auf eine merkwürdige Art und Weise beobachtet. Er hatte für solche Gedanken keine Zeit, denn immerhin war sein Cousin Raymond in Gefahr.

Er erwartete jeden Moment, wie das lodernde Feuer die Glasscheiben der Detektei sprengen würde. Dave nahm eine scharfe Rechtskurve über die Straße.

Ein Autofahrer bremste und hupte ärgerlich, als er die Straße ohne sich umzuschauen überquerte.

Dann bog der Mann so schnell er konnte in die Harper Road ab. Doch als er endlich das

Gebäude, die Nummer elf, erreichte, war dort weder ein Feuer, noch sonst irgendetwas Ungewöhnliches zu sehen. Er blieb einen Moment lang regungslos davor stehen. Kurz darauf trat auf einmal ein weiterer Mann aus einer Seitengasse, nicht weit von der Detektei entfernt, hervor.

»Mr. Dave Ashford?«, fragte er mit tiefer Stimme. Der Mann war, soweit Dave es sehen konnte, groß gewachsen und machte einen kräftigen Eindruck. Er trug ein schwarzes Jackett, Jeans und seine langen, dunklen Haare waren zu einem Pferdeschwanz zusammengebunden.

»Was wollen Sie?« entgegnete Dave mit einer Spur Misstrauen.

»Mein Name ist Agent Niro, MI5«, sagte er und zeigte Dave seine Marke »Ich muss mit Ihnen über Aftermath reden.«

Dave's Augen weiteten sich: »Sie wissen davon?«

»Natürlich, das MI5 und somit auch ich wurde darüber informiert. Entschuldigen Sie, dass ich Ihnen das mit dem Brand erzählt habe, ich wollte Sie nur so schnell wie möglich hierher bekommen ohne Ihnen am Telefon mein Anliegen zu nennen.«

Dave nickte, war jedoch über diese Vorgehensweise verwundert und blieb weiter vorsichtig.

Agent Niro fuhr fort: »Ich habe einige wichtige Fragen, die leider nicht warten können.«

»Das muss wohl sehr dringend sein«, entgegnete Dave.

Der Agent seufzte: »In der Tat. Ich will auch nicht lange um den heißen Brei reden. Jemand hat Aftermath entwendet.«

»Wie bitte?« fragte Dave aufgebracht.

Agent Niro blieb ruhig, zuckte jedoch kurz zusammen und flüsterte: »Psst! Nicht so laut! Ich brauche dringend ein paar Antworten, aber bloß nicht hier. Die Gefahr, dass jemand mithört ist zu groß! Könnten Sie mit mir mitkommen?«

Dave nickte: »Also gut, aber klären Sie mich auf. Was weiß man bereits über den Diebstahl? Immerhin ist die Sicherheit jedes Einzelnen betroffen! Und ich würde zu gerne wissen, was das MI5 mit unserem Projekt hier in Haven zu tun hat.«

»Alles der Reihe nach. Wir beide wissen genau, wie ernst die Situation ist! Beantworten Sie mir erst, was für mich wichtig ist.«

Die beiden Männer liefen los. Dave konnte von nahem erkennen, dass der Agent Handschuhe trug und zudem eine Waffe mit sich führte. Soweit Dave das beurteilen konnte, handelte es sich um eine 9mm Pistole. Eine Waffe, bei der Raymond verächtlich den Kopf schütteln würde.

Außer einer Katze, die auf einer Mauer auf und ab lief, war es nach wie vor ruhig auf der Straße. Dave lief dem Agent hinterher bis dieser anhielt.

»Das sieht sicher aus«, murmelte er vor sich hin, »Kommen Sie.«

Dave folgte dem Mann in einen offenen Hinterhof. Innerhalb des Hofes war es dunkel. Der Sternenhimmel war neben einer Straßenlampe die einzige Lichtquelle, die den Hof beleuchtete und dabei einen unheimlichen Effekt erzeugte.

Er konnte gerade noch so die Konturen von Agent Niro erkennen. Er stand mit dem Rücken zu ihm und hielt erst noch einen Moment inne, bevor er sich zu Dave umdrehte:

»Nun, Mr. Ashford. Um die Sicherheit zu gewährleisten muss ich das Wichtigste zuerst wissen: Ist Aftermath bereits fertig gestellt?«

Dave überlegte, ob er antworten sollte. Immerhin lief das Aftermath Projekt unter größter Geheimhaltung und niemand, der nichts davon wissen sollte, hätte davon erfahren. Der leitende Laborführer von CLAB, Dr. Roberts, würde unter keinen Umständen etwas so wichtiges nach außen dringen lassen, wenn es nicht notwendig gewesen wäre. Seinen beiden Kollegen vertraute er auch, wobei er sich bei einem gelegentlich ein wenig unsicher war.

Dennoch bezweifelte er, dass der besagte Kollege zum MI5 persönlich rennen würde und Geheimhaltungsprojekte ausplaudert, ohne dabei sein Team in Kenntnis zu setzen. Bleibt also nur Dr. Roberts übrig und dieser wird dann auch einen guten Grund haben, das MI5 zu informieren. Fragt sich, ob der Secret Service vor oder nach dem Diebstahl bereits informiert war.

Vielleicht musste Dr. Roberts diesen Schritt einleiten um das Projekt überhaupt starten zu können.

Ein glücklicher Zufall scheint, dass der Diebstahl wohl recht schnell entdeckt wurde. Außerdem beschäftigte ihn die Tatsache, dass Aftermath sehr gefährlich sein konnte, wenn es zweckentfremdet verwendet würde.

Er entschloss sich, zu antworten: »Die finalen Testläufe sind seit letzter Woche abgeschlossen.«

Der Agent nickte: »Ich verstehe. Und wer verfügt über die Testergebnisse und Aufzeichnungen?«

»Bisher gibt es nur eine einzige, handschriftliche Version der Testläufe und der chemischen Zusammensetzung und diese liegt gut verwahrt in einem Tresor.«

»Gibt es keine Digitale Aufzeichnung?« Agent Niro runzelte die Stirn.

»Nein«, entgegnete Dave. »Unser Team hat beschlossen, die sicherste Methode zu wählen. Sicher vor Stromausfällen und Hackern. Die Idee hatten wir von unserem Chef, Dr. Roberts. Der Safe enthält die Testprotokolle, die Formel der chemischen Zusammensetzung selbst sowie fünf Proben in Phiolen.«

Der Agent nickte erneut: »Wann haben Sie zuletzt gesehen, ob Aftermath unter Verschluss ist?«

Dave überlegte: »Also... Das muss zuletzt am Sonntagmittag gewesen sein. Etwa gegen Zwölf Uhr habe ich zuletzt in den Tresor gesehen. Meines Wissens nach war ich auch der letzte, der nachsah.«

»In Ordnung.« erwiderte Agent Niro. »Das beschränkt den Zeitraum von Sonntagabend bis heute. Ihr Team besteht nur aus Ihnen und den zwei anderen Beteiligten?«

Dave bejahte: »Genau, Susan Va...«

»Stopp!« warf Agent Niro ein. »Keine Namen! Nicht hier.«

»Gut«, antwortete Dave und musste trotz dieser ernsten Situation innerlich bei dem Gedanken schmunzeln, dass dieser Agent sich wohl nirgendwo sicher fühlte. Ob er sich auf einem Fußballspiel in einem lauten und überfüllten Stadion auch belauscht fühlte?

»Wir haben bislang geglaubt, wir seien die einzigen neben dem Leiter des Laborratoriums, die von Aftermath wissen«, bemerkte Dave.

Agent Niro sagte nichts. Der Hund in der Ferne fing wieder an zu bellen.

»Kann ich Sie fragen, was Sie mit der Sache zu tun haben, Agent? Und vor allem, wie sie darüber so schnell erfahren konnten?« »Ich fürchte, dass geht leider nicht. Meine Fragen sind noch nicht zu Ende!«

Die Stimme des Agents veränderte sich plötzlich. Dave registrierte den Klang und war beunruhigt. Etwas Bedrohliches lag in der Luft. Dave wollte am liebsten weglaufen, aber seine Beine waren wie gelähmt. Er fürchtete sich zu sehr vor der 9mm in dem Hohlster des Agents. Unerbittlich drang die Stimme von Niro zu ihm durch:

»Ihr Cousin, das ist doch der Schnüffler Raymond Ashford, oder?«

Dave war verwirrt. »Ja, aber…«

»Und er ist der Privatdetektiv, von dem die Lokalzeitung immer wieder mal berichtet?«

»Das stimmt, wozu wollen Sie das aber so plötzlich wissen?«

Trotz der Dunkelheit konnte Dave sehen, wie die Augen des Agents auf einmal wild funkelten. Dann breitete sich ein Grinsen auf seinem Gesicht aus. Und dieses Grinsen bedeutete nichts Gutes. Es hatte etwas Wahnsinniges.

Dave verspürte eine plötzlich aufkommende Panik. Er wollte los rennen, so schnell wie möglich weg von diesem Mann kommen. Selbst die 9mm würde er jetzt in Kauf nehmen. Seine Beine waren nicht mehr taub und er setzte zum Sprint an. Aber der Mann packte Dave blitzschnell mit seiner linken Hand.

»Wohin den so eilig?« fragte er höhnisch. »Etwa zum lieben Ray, der immer so artig seinen kleinen Cousin beschützt? Ich glaube, es wäre toll, wenn wir ihm ein kleines Geschenk bereiten. Wie wäre es denn mit Ihrer Leiche?«

Niro griff mit der freien Hand in sein Jackett und zog eine Spritze heraus, die bereits aufgezogen war.

Daves Augen weiteten sich schlagartig, als er wusste, was das da in der Spritze war.

»Nein bitte, Sie wissen ja nicht, was Sie da tun!«

»Und ob ich das weiß. Nicht zuletzt durch Sie. Leben Sie wohl, Mr. Dave Ashford.«

Er stieß ihm die Spritze so fest er konnte in die Armbeuge. Dave erschrak. Niro drückte den Inhalt in seine Venen, was ihn vollends verstummen lies. Jetzt war ohnehin jede Hilfe zu spät und er fühlte sich so kraftlos, dass er nicht mehr schreien könnte.

Kurz darauf sackte er zusammen.

Aftermath.

Etwas, was er geschaffen hat und ihm selbst nun zum Verhängnis wurde. Niro lies ihn los, beugte sich zu ihm hinunter und legte ihm die Spritze sorgsam in die Hand. Er öffnete Dave's Gürtel und nahm ihn von seiner Hose. Diesen platzierte er um Dave's Oberarm, zog an der Schnalle und flüsterte: »Eine überdosis Heroin, so ein trauriges Ende für ihre Karriere, Herr Doktor.«

Niro stand auf und entfernte sich. Er lächelte noch immer. Bevor Dave's letzten Kräfte ihn vollends verließen, dachte er noch einmal an seinen geliebten Cousin: »Raymond…«

Die Welt um ihn herum wurde schwarz.

Ein Hinterhof, Major Road No. 4
Dienstag, den 04.05.2010
11:12 Uhr

Haven lag westlich von Brighton, direkt am Ärmelkanal in East Sussex, England. Über die Lewes Road im Norden gelangt man direkt in die Innenstadt von Haven. Die Stadt selbst ist in vier Bezirke unterteilt:

Nordwestlich davon liegt das Industrieviertel, Platz vieler Fabriken und Firmen wie etwa CLAB.

Westlich davon liegt die Uptown, die Oberstadt, Wohnort der Reichen und Schönen.

Und südlich die Docks, der Bezirk der Arbeiter und zwiespältigen Persönlichkeiten.

Das meiste Leben spielt sich jedoch in der zentral gelegenen Innenstadt ab.

Dort gibt es auf der Hauptstraße, nördlich als die Upper Main Road bezeichnet, die bis zu den Docks führt und dort dann unter dem Namen Lower Main Road verläuft, neben vielen Läden auch Restaurants und ein großes Kino. In den Seitenstraßen hingegen ist es meist ruhig und außer einigen Bars und Diskotheken befanden sich dort nur Wohnhäuser. Manche dieser Häuser sind mittlerweile baufällig und verlassen. Das eigentlich baufällige Haus mit der Nummer vier in der Major Road, in einer dieser Seitenstraßen, hat einen offen zugänglichen Hinterhof.

Und dieser ist gerade alles andere als ausgestorben.

Ein Untersuchungsteam der Polizei, bestehend aus drei Männern, gingen gerade auf dem Hof ihrer polizeilichen Arbeit nach.

Allerdings wirkte es eher so, als suchten sie ihre Utensilien zusammen, um den Tatort schnellstmöglich räumen zu können.

Ein Vierter Polizist bewachte gelangweilt die Absperrung und redete mit seinem Vorgesetzten, einem Mann in Anzughosen und einem weißen Hemd.

Er sprach mit dem Polizisten im schroffem Tonfall:

»Das ist Mr. Ashford, ein Angehöriger, lassen sie ihn zur Identifizierung des Leichnams durch.«

Hinter ihnen lag ein weiterer, viel jüngerer Mann auf dem Boden, komplett regungslos.

All das beobachtete Raymond Ashford völlig abwesend.

Es war sein Cousin und letztes Familienmitglied, der da lag. Raymonds Miene war kalt, so kalt wie der Windzug, der sein offenes Hemd wehen lies und so den Revolver, den er an seinem Gürtel trug, für einige Momente freilegte.

Langsam, aber mit festem Schritt, lief er auf den Hof zu. Der Polizist, der den Eingang zu Hof bewachte, hob das Absperrband hoch und winkte Raymond durch. Er nickte beim Vorbeigehen kurz und ging geradewegs auf Dave zu und kniete neben ihm auf den Boden. Raymond nahm seine Hand. Sie fühlte sich so kalt an wie die Hand eines Toten nur sein konnte.

Der Vorgesetzte folgte ihm, hielt dabei aber diskreten Abstand. Es war der erste Einsatz von Robert Spencer hier in Haven. Zuvor arbeitete er in Brighton als Chief Inspector. Aber als Albert Granhill, der vorherige Chief Constable, Leiter des Haven Police Department, in den Ruhestand ging, wurde er als Nachfolger vorgeschlagen. Er akzeptierte den Posten, da er ohnehin niemanden in Brighton hatte und so zumindest seine Karriere voran brachte. Nach einer Einarbeitszeit von zwei Monaten war dann auch die Zeit für Granhill gekommen.

Im April nahm er schließlich vollends Abschied und überließ Spencer den Posten. Nach dem die Bürokratie so einigermaßen in Ordnung war, entschloss Spencer, ab diesem Monat Außeneinsätze anzunehmen.

Spencers erster Fall in Haven lag nun vor ihm.

Er wandte sich zu Raymond: »Mr. Ashford? Mein Name ist Robert Spencer, Haven Police Department. Das hier ist Dave Ashford und Sie sind der Cousin, oder?«

»Ja«, antwortete Raymond Ashford knapp ohne ihn dabei anzusehen. Seine ganze Aufmerksamkeit galt seinem Cousin, als hoffte er, alles wäre nur ein schlechter Scherz und er würde gleich aufstehen.

Die Polizisten hatten ihre Ausrüstung zusammengetragen und einer von Ihnen drückte Spencer im Vorbeigehen einen Bericht in die Hand.

Spencer schlug ihn auf und las:

»Name des Toten: Dave Ashford, Geboren am 15.08.1986 in Haven. Berufstätigkeit:

40

Wissenschaftler. Letzte Arbeitsstelle: CLAB in Haven. Familienstand: Ledig. Vater: Ryan Ashford, gegenwärtig seit einem Jahr vermisst. Mutter: Maria-Ann Robbins, wohnhaft in New York, Amerika. Weitere Familienmitglieder: Raymond Ashford, Wohnhaft in Haven.

Als allgemeine Todesursache wurde anhand der vorliegenden Indizien eine Überdosis an Heroin festgestellt, die sich der Verstorbene selbst injiziert hatte.«

Bei den letzten Worten blickte Raymond mit gerunzelter Stirn auf. Er erhob sich und wandte sich mit schlagartig wütendem Ausdruck an Spencer:

»Oh nein! Das glaube ich nicht! Dave würde niemals Drogen nehmen!«

Spencer war einen Moment lang sprachlos über die plötzliche Reaktion von Mr. Ashford, dann sagte er vorsichtig:

»Mr. Ashford. Sämtliche Beweise sprechen aber dafür.«

»Zum Teufel!« schrie Raymond. »Ich kannte Dave lange genug! Das ist absolut ausgeschlossen!«

»Glauben Sie doch, was Sie wollen!« Robert Spencer verlor nun seine Geduld.

Geduldig zu sein war ohnehin nicht wirklich seine Stärke. Ohne weitere Worte wandte er sich der Einfahrt zu und ging. Raymond zögerte einen Moment, blickte dann wieder zu Dave, der da lag, immer noch regungslos.

In Gedanken spielte er die Möglichkeit durch, ob dieser Wichtigtuer von den Bullen wohl recht haben könnte.

Er betrachtete Dave erneut mit den Augen, mit dem er seinen Beruf Tag für Tag macht. Seine Augen waren geschlossen. Fast schon friedlich lag er da.

Dennoch, davon war Raymond überzeugt, meinte er in dem leblosen Gesicht eine Spur der Verwirrung zu sehen.

Vielleicht täuschte er sich, aber das passierte nicht häufig. Zweifellos, das Bild störte ihn.

Raymond lebte schon immer mit der Gabe, Details zu entdecken, die andere übersahen. Sein Spürsinn verriet ihm immer, wenn irgendwo irgendetwas nicht stimmte.

Diese Tatsache machte Raymond vermutlich auch zu so einem guten Detektiv. Es war der Beruf, den er schon seit seinem zehnten Lebensjahr, nach der Ermordung seiner Eltern, nachkommen wollte und es letztendlich auch tat.

Und hier, dass wusste er, stimmte etwas überhaupt nicht. Besser noch: Er wusste, was es war. Robert Spencer sagte dem Polizisten am Sperrband, er könne gehen und das er selbst auf den Wagen wartete, der den Leichnam abholte.

Der Polizist ging daraufhin zu seinen Streifenwagen.

Raymond rannte auf Spencer zu und zog ihn an der Schulter herum. Die beiden funkelten sich angriffslustig an. Spencer hatte an diesem warmen Morgen sein kurzes, weißes Hemd in die Hose gesteckt. Er roch nach billigen Parfüm und Tabak. »Was wollen Sie denn noch?« fragte er und zündete sich eine Zigarette an, die er in seiner Hemdtasche aufbewahrte.

»Ich möchte Ihnen helfen«, entgegnete Raymond. Spencer blies verächtlich Rauch aus dem Mundwinkel und lachte trocken:

»Wobei den? Ich bin hier fertig. Sie sind Privatermittler, oder? Hab' über Sie gelesen. Aber deswegen brauchen Sie nicht einen Mord hinter jeder Gasse zu vermuten.

Gehen Sie lieber in Ihr Büro und warten Sie darauf, dass eine alte Großmutter Sie fragt, ob Sie ihre vermisste Katze freundlicherweise wieder Aufspüren könnten!«

Raymond überging die Spöttelei von Spencer und erwiderte mit harten und ernstem Ton:

»Hören Sie mir lieber mal gut zu! Haben Sie sich Dave einmal genau angeschaut? Seine Körperhaltung?«

»Er ist zusammengesackt, wie nach einer Überdosis«, argumentierte Spencer. »Und der Abdruck der Spritze?« erwiderte Raymond. »Als hätte er sie sich mit aller Gewalt in den Arm geschlagen. Merkwürdig, oder?«

Spencer schüttelte den Kopf: »Schon mal daran gedacht, dass ihr Cousin vielleicht insgeheim schon sehr lange Süchtig war und dringend was zum Drücken suchte?«

»Wenn das das Werk eines anderen gewesen ist, wovon ich ausgehe, wird das vielleicht nicht der letzte bleiben.«

»Jetzt reicht es mir aber!« schrie Spencer »Worauf wollen Sie hinaus? Das es einen Serienmörder gibt der wahllos Leute mit einer Überdosis Heroin killt? Ich bitte Sie!

Das ist einfach nur lächerlich! Ja, ich weiß, das war ihr Cousin und Sie sind jetzt zutiefst verbittert. Diese Dinge passieren, das Leben ist hart! Wollen Sie noch mehr hören? Jetzt gehen Sie und helfen Sie jemanden für den Sie was tun können, oder nehmen sich frei um Ihrer Wut und Trauer freien Lauf zu lassen! Oder ich empfehle Ihnen ein paar gute Bars oder einen Therapeuten!«

Raymond blieb geduldig: »Meiner Beurteilung nach hatte Dave keine Feinde, im Gegenteil, er war beliebt. Bleibt also nur etwas in Verbindung mit seinem Beruf übrig.«

»Ausgehend davon dass er »Ermordet« wurde. Herrgott nochmal, warum führen wir dieses Gespräch?«

»Ich bitte Sie nur um einen kleinen Gefallen.«

Spencer zog lange an seiner Zigarette. Er wollte antworten als in sein Handy dabei unterbrach.

Es klingelte.

»Entschuldigen Sie mich einen Moment, Mr. Ashford.«

Er nahm den Anruf entgegen.

»Ja, Robert Spencer hier.«

Er hörte seinen Gesprächspartner zu, bis er plötzlich aufbrauste und in das Telefon schrie:

»Wie bitte?« Er warf seine Zigarette zu Boden, trat sie aus und nahm sich gleich darauf noch eine. »Also gut, ich bin gleich da.«

Unterdessen fuhr ein langer, schwarzer Wagen an den Hinterhof. Spencer legte auf und wandte sich wieder an Raymond:

»Ich fasse es nicht! Man hat noch ein weiteres Opfer gefunden, dessen Tod durch die selbe Art und Weiße stattgefunden hat!«

Raymond lächelte schwach: »Da haben Sie Ihren Beweis!«

»Moment mal! Das muss noch rein gar nichts heißen! Sie meinen das mit Ihrer Serienmörder Theorie wohl wirklich ernst?« meinte Spencer. »Viele sterben an Drogen. Heute ist nun mal kein guter Tag.«

»Zur Hölle damit!« fluchte Raymond. »Ich will nicht mehr, als mir das zumindest mal anzusehen! Granhill hätte das sofort verstanden!«

Spencer zog erneut lange an seiner Zigarette. Er musste sich eingestehen, dass dieser Spinner namens Raymond Ashford heute wirklich keinen guten Start in diesen Tag hatte. Spencer hatte innerlich wirklich Mitleid mit ihm, obwohl er seine Vermutung, es sei ein Mord gewesen, für absolut unglaubwürdig hielt.

Daher wäre es vielleicht ganz gut, ihm bei seinem kleinen Gefallen zu helfen, damit beide endlich Ihre Ruhe haben könnten.

Spencer würde Recht behalten und Ashford würde seine Ruhe finden und verarbeiten, dass sein Cousin ein Junkie war.

»Also gut, was wollen Sie?« fragte er schroff.

»Untersuchen Sie die Spritze. Mehr nicht, schauen Sie sich das Beweisstück einfach nochmal genau an, Fingerabdrücke und so weiter«, sagte Raymond.

»Na gut, wenn Sie dann endlich zufrieden sind!«

»Und bitte nehmen Sie mich mit zu dem anderen Opfer«, ergänzte Raymond.

»Das auch noch?« fragte Spencer mürrisch. Er musste zugeben, dieser Ashford nagt gewaltig an seiner Geduld. Er wog ab, ob er etwas davon hätte. Ashford, das wusste Spencer, war für schnelle und präzise Arbeit bekannt. Das konnte er sich zu nutze machen. Außerdem würde er dann vielleicht endlich einsehen, dass die ganze Sache nichts weiter als ein riesiger Zufall war.

Die Stimme von Raymond Ashford unterbrach seine Gedanken: »Ich bitte darum. Vielleicht sehe ich einen Zusammenhang.«

Daran glaubte Spencer natürlich nicht. Aber so hart er manchmal auch ist, innerlich war er ein guter Mensch und sein Mitleid war ehrlich.

»Also gut«, meinte er schließlich. »Aber Sie dürfen polizeiliche Ermittlungen wie diese nicht an die Öffentlichkeit bringen!«

»Selbstverständlich.«, nickte Raymond.

Spencer sah ihn forschend an und sagte: »Und halten Sie dort um Himmels Willen bloß Ihre Klappe, wenn Sie nicht grad' einen Killer um die Ecke hüpfen sehen!«

Raymond nickte erneut mit grimmigem Gesichtsausdruck. Ihm war nicht nach Witzen zumute.

Spencer zog einen Schlüssel aus der Tasche und drückte darauf. Sein Auto blinkte auf und entriegelte die Türen.

»Warten Sie im Wagen auf mich, ich muss noch kurz zu den Kollegen da hinten. Wenn

Sie etwas anfassen oder kaputtmachen, sind Sie verhaftet.«

Spencer drückte seine Zigarette aus und betrat erneut den Hinterhof. Raymond stieg auf der Beifahrerseite des Bentley ein und sah zu, wie die Beamten im Hof den Leichnam von Dave Ashford in einen Leichensack packten und abtransportierten.

Erneut zeichnete sich Traurigkeit in seinem Gesicht ab, die jedoch wieder von einem Hauch der Kälte abgelöst wurde.

Die Art von Kälte, die er seit der Ermordung seiner Eltern in sich hatte, für die er bis heute keine Erklärung hatte. Die Art von fragender Kälte, die sich nur mit Antworten wärmen ließ.

CLAB, Industriegebiet
Sonntag, den 02.05.2010
14:07 Uhr

Haven lebte vor allem durch seinen führenden Industrie- und Exportsektor.

Neben einigen gut etablierten Produktionsfabriken, vorwiegend in der Autoindustrie, befand sich dort eines der führenden Chemielaboratorien in ganz England: CLAB.

In den siebziger Jahren am Nordwestlichen des Industrieviertels gebaut, setzte es sich durch sein qualifiziertes Personal innerhalb eines Jahrzehntes gegenüber anderen Chemielaboratorien Englands durch.

CLAB war so zum Beispiel an der Entwicklung des ersten, natürlich abbaubaren Copolyester, welches im Arbeitskreis Holmes hergestellt wurde und vollständig aus Biopol besteht, maßgeblich beteiligt.

In letzter Zeit aber ist es um das Laboratorium herum still geworden. Vor allem aber machte es Abstriche innerhalb der Forschungsabteilung. Trotzdem wundern sich viele Passanten über das dennoch verhältnismäßig hohe Sicherheitspersonal.

CLAB äußert auf wiederholter Nachfrage der Presse, dass dies vor allem durch die Gefahrengüter, die innerhalb des Laboratoriums gelagert werden, besser vor möglichen Räubern geschützt sei. Diese lagerten im Ostflügel, was auch der am besten geschützte Bereich des Labors war. Die meisten Einwohner stellt diese Antwort zufrieden.

Skeptiker und Verschwörungstheoretiker vermuten dahinter natürlich weiterhin einen globalen Komplott.

In einem waren sich sowohl Befürworter als auch Kritiker einig: Dr. Roberts, der neue Leiter von CLAB brachte wieder Aufschwung in die Firma und verhinderte somit die bevorstehende Insolvenz. Sein Auftreten erfüllte jedes Klischee eines typischen Wissenschaftlers:

Ein älterer Herr, kurze, zerzauste Haare, wirrer Gesichtsausdruck und eine Brille, die ihm immer von der Nase zu rutschen schien. Aber er machte seine Arbeit sehr gut. Er setzte neue Strukturen für überholte Abteilungen ein, verlegte den Firmenfokus von Dünger auf Medikamente und entließ unfähige Mitarbeiter.

Diese Härte schockierte das Personal, jedoch erkannte man schnell, welche Vorteile das für alle mit sich brachte. Schon innerhalb des ersten Jahres verbuchte das Laboratorium, hingegen zu den Jahren davor, ein Plus in den Einnahmen. Dr. Roberts bemühte sich stets um junges, engagiertes Personal. So stellte er damals auch die jungen Studenten Susan Vault und Dave Ashford ein. Susan Vault hatte ihren Studienschwerpunkt in Pharmakognosie, der Erkundung von der wirkweise verschiedener Drogen. Dave Ashford hingegen belegte »Physikalische Technik«, ein Studienfach, welches die Anwendung und Umsetzung grundlegender Erkenntnisse beinhaltete.

Beide leisteten hervorragende Arbeit und gelten innerhalb des Konzerns als sehr vertrauenswürdig und fleißig.

Dr. Roberts entschloss, einen eigenen Arbeitskreis einzuberufen. Er hatte die Vision, etwas zu erschaffen, was die Medikamentenindustrie für immer verändern würde.

Er kürzte das Buget für die Forschungs-abteilung und erweiterte das Sicherheits-personal.

Zwar begründete er diesen Schritt offiziell mit der Sicherung von Gefahrengüter, aber sein wahrer Grund war der Schutz seines geheimen Arbeitskreises: Aftermath.

Der heutige Sonntag war warm und behaglich und so ärgerte sich Dave Ashford, dass er diesen Tag heute im Laboratorium verbringen musste. An der Wand griff er nach dem Kittel, der seinen Namen trug, zog ihn über seinen Pullover und strich durch seine längeren, braunen Haare. Er trottete in Richtung des Safes, der in dem benachbarten Raum stand und öffnete ihn mithilfe seiner ID-Karte und dem Kennwort.

Der Tresor sprang auf und Dave stellte fest, dass alles beim Alten war. Die Ordner mit den Testprotokollen lagen wie sicher verstaut im oberstem Fach. Daneben die aktuelle Aufzeichnung der chemischen Bestandteile, welches das wichtigste Doku-ment ihrer bisherigen Forschung war und darunter, in einem separaten Kühlfach, fünf Phiolen mit je einer Flüssigkeit. Er nahm sich eine Phiole heraus und hielt sie an das Licht der Schreibtischlampe, die daneben stand.

Zufrieden stellte er fest, dass sich die Farbe nicht verändert hatte und platzierte das Gläschen mit der Flüssigkeit vorsichtig wieder in ihrer Halterung.

Trotzdem ärgerte er sich, heute hier zu sein. Er kehrte mit finsterem Blick zurück in das Labor. In diesem Moment öffnete sich die Tür und Susan Vault kam herein. Heute trug sie einen engen Jeansrock mit passender Bluse und eine Spange hielt ihr lockiges und langes Haar zurück. In dem Licht im Labor schien es noch goldener zu glänzen, als es ohnehin schon war. Auf einmal hellte sich Daves Miene auf und er war dann doch froh, heute genau hier zu sein.

An diesem schönen Tag.

Susan bemerkte das Grinsen auf Daves Gesicht und lächelte nicht weniger verlegen.

»Was machst du den heute hier?« fragte Dave.

»Dasselbe könnte ich dich auch fragen, Dave«, sagte Susan spitz. »Ist heute nicht dein freier Tag?«

»Normalerweise schon, aber bei unserem Kollegen kann man nie sicher genug sein.« Susan verstand und wurde ebenfalls ernst: »Da hast du womöglich recht.«

Sie machte eine Pause, in der sie scheinbar sinnlos zum wiederholten Male dieselben Aufzeichnungen neu sortierte, bevor sie weiter redete: »Aber meinst du wirklich, er würde das Zeug einfach wegnehmen.«

»Wer im Stande ist, einfach mal so aus einer Laune heraus über Geheimhaltungs- projekte zu reden, dem traue ich locker zu, dass er so was fertigbringt.«

»Sind wir vielleicht nicht auch etwas daran Schuld?« fragte Susan besorgt. »Immerhin haben wir ihn immer wieder in diese Rolle gedrängt.«

Darüber musste Dave lachen.

»Wir? Komm schon, er hat sich schon von Anfang an als inkompetent gezeigt. Er konnte nie mit uns arbeiten und maulte ständig über die moralische Folgen und vergleichbares. Und jetzt? Kurz vor der Vollendung von Aftermath lässt er sich nicht mal mehr blicken! So ein blöder Idiot!«

Susan schwieg eine ganze Zeit lang. Schließlich fragte sie zögerlich: »Meinst du, wir tun das Richtige? Moralisch, meine ich.« Sie fürchtete sich vor Daves Reaktion, aber er schien wieder ganz ruhig zu sein. Dave stand schon immer hinter dem Aftermath Projekt und niemand konnte ihn vom Gegenteil überzeugen.

Aber er respektierte von Anfang an Susan und ihre Meinung. Deshalb machte er sich die Mühe, seinen Standpunkt auszuführen: »Hör mal. Aftermath wird vielen Menschen helfen, solange die richtigen Menschen im richtigen Zusammenhang davon profitieren. Dr. Roberts ist ein guter Mann. Ich vertraue ihm und bin Überzeugt davon, dass unsere Erkenntnisse und Forschungen stets für etwas Gutes eingesetzt wird.«

Dave lächelte und Susan tat es jetzt auch, wenn auch etwas gezwungen.

»Du hast recht, Dave. Vielleicht sollte ich mir weniger Sorgen machen. Ich bin einfach nur angespannt über die Lage.«

»Zerbrech' dir mal nicht deinen hübschen Kopf darüber«, Dave zwinkerte. »Das

Arschloch bekommt was es verdient und wir machen unser Ding. Hey, lass uns unseren Erfolg feiern gehen!

Heute Abend?«

»Heute nicht«, meinte Susan und errötete leicht.

Sie mochte Dave und seine mal witzige, mal harte und ernste Art. Es ist nicht leicht, mit jemanden wie Dave auszukommen, da er einer der vielseitigsten Menschen ist, die man sich vorstellen kann. Trotz seiner Überintelligenz neigt er gerne zu einem draufgängerischen Lebensstil und ist auch sonst sehr schwer einzuschätzen. Aber trotzdem hatte sie große Sympathie für Dave.

Das beruhte auf Gegenseitigkeit. Ihre Antwort fiel jedoch für Dave nicht ganz enttäuschend aus.

»Ich muss noch etwas erledigen. Mein Nachbar hat mir mal wieder eine Todesdrohung ausgesprochen und eines unserer Fenster demoliert. Daher muss ich noch zur Polizei. Wie wäre es mit Morgen?«

»Klingt gut. Wie wär's mit einem gemütlichen Essen beim Seaside Restaurant?« schlug Dave vor.

Susan errötete noch stärker. Das war ihr Lieblingsrestaurant und obwohl sie nie darüber redeten, schien Dave es zu wissen.

»Das wäre wunderbar«, sagte sie. Auch Dave bekam einen zarten, aber kaum merklichen Rotstich. Er hat zwar kein schlechtes Händchen bei Frauen, aber nichts befriedigt Dave mehr, als mit Susan zu reden, oder endlich mit Ihr auszugehen.

»Naja«, sagte Dave. »Ich geh dann mal. Hab' auch noch was zu tun.«

»Oh, okay«, sagte Susan »Ich muss noch den Papierkram hier fertig machen. Wir sehen uns dann morgen Abend?«

Dave erwiderte: »Ja, Ich komme so gegen acht Uhr bei dir vorbei.«

»Ist gut. Bis dann. Ich freu' mich!« antwortete Susan und beugte sich über einen Stoß an Papieren und begann sie auf verschiedene Stapel zu sortieren.

Sie grinste auch noch zehn Minuten später, als Dave schon lange fort war, bis sie bemerkte, dass sie den Papierstapel jetzt schon zwanzig mal neu geordnet hatte.

CLAB, Industriegebiet
Sonntag, den 02.05.2010
23:00 Uhr

Auf der Straße, die in Richtung CLAB führte, war niemand zu sehen. Überhaupt war um diese Uhrzeit das Industrieviertel wie ausgestorben. Die meisten, die dort arbeiteten, wohnen in der Innenstadt und die wenigen, die doch hier wohnten, schliefen um diese Zeit bereits, da sie einen anstrengenden Tag hinter sich hatten.

An Sonntagen aber war es dort natürlich besonders ruhig. Außer Forschern und Wissenschaftlern, die unter Umständen auch Sonntags im Labor waren, könnte man meinen, das Viertel wäre ausgestorben.

Ein Mann lief in die Richtung des Laboratoriums.

Der kühle Wind der klaren Nacht blies ihm ins Gesicht.

Er war athletisch gebaut und wirkte in der schwarzen Nacht nahezu unsichtbar. Als er vor der Abzäunung des Laboratoriums CLAB stand, glitten seine Hände in seine Tasche und zogen ein Handy hervor.

Er wählte und nach zweimaligen Läuten meldete sich am anderen Ende eine tiefe Stimme: »Ja?«

Der Mann mit dem Pulli blickte sich um und sagte: »Es ist soweit, ich bin jetzt da.«

»Sehr gut. Du weist was du zu tun hast?«

Das wusste Coby.

Seit vier Tagen observierte er nun das Gebäude und für einen Profi wie ihn war der Laden wie alle anderen auch nur eine Kleinigkeit.

Fast zumindest.

Es reizte ihn sogar, endlich wieder auf Sicherheitspersonal zu stoßen. Das verlieh dem ganzen Vorhaben einen extra Kick. Drei Sicherheitsleute bewachten das Labor von außen. Er hat im Vorfeld seine Route studiert und begegnete bestenfalls einen von ihnen. Trotzdem war ihm bei der Sache etwas unbehaglich.

Sein Bruder Ricky ist immerhin wegen dieses Schnüfflers Ashford aufgeflogen.

Er lies den Laden des Juweliers plötzlich überwachen. Damit rechnete Coby nicht, da Ashford noch nicht dabei war, als er den Laden selbst beobachtete. Er dachte, es würde ein Spaziergang werden, als er Ricky vorausschickte um die Tür zu knacken während er Wache hielt. Erschreckend kam hinzu, dass neben der Alarmanlage, die sofort losheulte auch noch Ashford selbst zufällig im Laden war. Ricky hatte nicht den Hauch einer Chance, außer Coby zur Flucht zu verhelfen. Von diesem Moment an nahm sich Coby vor, nie wieder so unvorsichtig zu sein.

Er antwortete: »Ja, weiß ich. Aber hältst du das Ganze für eine gute Idee? Du weist was mit Ricky passiert ist.«

Die Stimme am anderen Ende klang leicht ungeduldig: »Das hatten wir doch schon so oft. Abgesehen von der großartigen Bezahlung können wir es diesem Mistkerl heimzahlen! Du wirst sehen. Jetzt geh und erledige deinen Teil und pass' auf dich auf. Ich will nicht noch einen Bruder im Knast.«

»Okay, du hast recht. Keine Sorge, ich werd' dich nicht enttäuschen!«

Er legte auf und verstaute das Handy wieder in seiner Tasche. Elegant kletterte er geräuschlos über den fast drei Meter hohen Zaun und landete leise und sicher auf der anderen Seite. Soweit war es einfach.

Die Schwierigkeit bestand nun darin, den richtigen Moment zwischen den Wachposten abzuschätzen und in den schwarzen Winkel der Kamera ab zu passen.

Um zwei der Wachen auszuweichen bewegte er sich vom Zaun aus in Richtung linke Seite des Hauptgebäudes und blieb dabei immer im Schatten.

Der dritte Mann des Sicherheitspersonals lehnte gegen einen Pick-Up, der auf dem großen Hof parkte. Coby wartete bis der Mann seinen Kopf nach links drehte und auf den Eingang schaute bevor er sich neben ihn stellte und ihn mit einem gezielten Schlag an die Schläfe außer Gefecht setzte.

Noch bevor der Wächter auf den Boden knallte, fing Coby den Sturz des Mannes ab, schleifte ihn hinter das Auto und presste ihm ein mit Chloroform getränktes Tuch in sein Gesicht um sicherzugehen, dass er nicht vorzeitig erwachte. Jemanden umzubringen war nicht seine Art.

Coby spähte hinüber zum Hauptgebäude und erkannte wie erwartet die Leiter, die auf das Dach führte. Er hechtete hinüber, kletterte schnell die Leiter hinauf und lief geduckt zu dem Belüftungssystem.

Vor allem am alten Hauptgebäude, das wenig genutzt wurde, sparte CLAB in der technischen Überwachung ein und konzentrierte sich auf das Außenpersonal. Dies nutzte Coby zu seinem Vorteil.

Er brauchte nicht mehr als einen Schraubenzieher, den er aus seiner Gürteltasche, wo auch das Chloroform getränkte Tuch verstaut war, herauszog.

Nach wenigen Sekunden lagen vier Schrauben neben dem geöffneten Gitter des Lüftungsabzuges. Er hob es beiseite und kroch hinein. Coby hatte den Geländeplan auswendig gelernt und wusste genau, welche Abzweigungen er nehmen musste um zu dem richtigen Labor zu gelangen.

Es befand sich im hinteren Teil des alten Hauptgebäudes. Da es wenig genutzt wird, erwartete Coby dort auch kein Sicherheitspersonal. Und er hatte recht.

Als er erneut ein Gitter, welches sich an der Wand eines Ganges befand aufschraubte, die Abdeckung im Schacht beiseite schob und seinen Kopf vorsichtig hinaus streckte, sah er niemanden.

Er sprang auf den Flur und folgte den Gang in nördlicher Richtung, bis er vor einer Tür stand. Jetzt benutzte er eine ID-Karte, die er einen Tag zuvor erhalten hatte und die Tür sprang auf.

Dahinter führte eine Treppe nach unten in den Keller. Coby stieg hinab und fand sich in einem neu gebauten, provisorischen Labor wieder.

Während er sich umschaute, rief er sich nochmal seine Ziele in den Kopf, die ihm sein anderer Bruder aufgetragen hatte:

»Finde den Tresor im Labor am Ende des nördlichen Gebäudetraktes und nimm alles mit. Darin müssten Dokumente sowie fünf Phiolen mit einer Flüssigkeit aufbewahrt sein.«

Im Raum befanden sich einige Mikroskope, Arbeitsplatten, Stühle und was sonst noch zu einem durchschnittlichen Labor gehörte. Der Raum war sehr hell und steril. Eine Tür führte in einen benachbarten Raum. Und da hier kein Safe war, ging Coby in den anderen Raum.

Dort sah er ihn. Er benutzte erneut die ID-Karte und tippte das sechsstellige Passwort ein, dass er ebenfalls seit Gestern kannte.

Der Tresor sprang auf. Er verstaute den Inhalt in seiner Gürteltasche, wobei er das Dokument knickte, damit es hineinpasste.

Jetzt, da er alles hatte, was er hier brauchte, schloss er den Safe wieder und verließ das Labor. Im Gang sprang er mit Leichtigkeit wieder in den Lüftungsschacht und schraubte den Gitterrost wieder fest.

Er kletterte den ganzen Weg zurück, verschloss das Gitter auf dem Dach und kletterte hinunter.

Auch das Entkommen aus dem Hof verlief ohne Probleme. Die Wache, die später von Cobys Schlag aufwachte, wird denken, dass sie eingenickt sei und mit dem Kopf gegen den Pick-Up gefallen war, was den langen K.O. Zustand erklären würde.

Denn niemand sonst hatte etwas bemerkt.

Erst als er einen sicheren Abstand zwischen sich und das Laboratorium gebracht hatte, holte Coby wieder sein Handy hervor.

Am anderen Ende meldete sich erneut die tiefe Stimme, diesmal jedoch viel erfreuter: »Brüderchen, wie ist es gelaufen?«

»Alles nach Plan, ohne besondere Vorkommnisse. Ich habe Alles, was du wolltest«

»Ich verstehe. Sehr gut, ich bin stolz auf dich!«

»Du kennst mich doch«, entgegnete Coby und grinste. »Wir treffen uns in einer halben Stunde an unserem Versteck. Bis gleich, Niro.«

Dann legte er auf, warf das Handy in eine nahegelegene Mülltonne und rannte los.

Hof der Vaults, Minor Road No.8
Dienstag, den 04.05.2010
10:34 Uhr

Die Familie Vault lebte auf einem Gelände, das aus einem Hof, Haus und Bungalow Anbau bestand und zwischen der Innenstadt und dem Industriegebiet lag.

Susan wohnte in dem Bungalow, da es ohnehin ansonsten unbenutzt wäre.

Ihre Eltern bewohnten das Haus auf der anderen Seite des geräumigen Hofes. Die Harmonie innerhalb der Familie funktioniert wunderbar. Nie hatte auch nur einer von Ihnen das Gefühl entweder zu weit von den anderen Familienmitgliedern entfernt zu sein, noch sich von ihnen bedrängt zu fühlen. Allerdings beschränkte sich diese Idylle nur auf das Verhältnis innerhalb der Familie. Denn die Vaults hatten einen Nachbarn, der ganz und gar nicht von der Familie begeistert war.

Thomas Eder, der aggressive und gewalttätige Nachbar der Vaults, lies nie eine Gelegenheit aus, sie zu tyrannisieren.

Als Susan beispielsweise ihren sechzehnten Geburtstag feierte, grillte sie mit ihren Freunden im Hof als ihr Nachbar wutentbrannt alle fünf Minuten ihre Feier unterbrach und einen Grund suchte, ihen die gute Laune zu vermiesen.

Er hatte Erfolg.

Susan verzog sich heulend nach dem zwölften Besuch von Thomas Eder, der sie jedes mal für ihr äußerst großes Muttermal am Hals beleidigte. Sie hatte Stunden gebraucht, bis sie sich langsam beruhigte und mehrere Menschen, die man in dem Alter als Freunde bezeichnet, verloren.

Das einzig Gute an der Sache war, dass sie lernte, rechtzeitig echte und falsche Freunde zu unterscheiden.

Ein anderes Mal parkte der Vater der Vaults vor der Hofeinfahrt, weil er nur schnell etwas von Zuhause mitnehmen wollte. Als er zurückkam, lag seine Seitenfensterscheibe in Trümmern.

Natürlich konnte man es Thomas nie nachweisen, aber das gehässige Lächeln auf seinem Gesicht verriet ihnen alles.

Zudem muss sie heute immer noch mit regelmäßigen Drohungen, auch Todesdrohungen, rechnen. Susan hatte sich, als sie kleiner war, gefragt, warum Thomas Eder gerade so einen Hass auf sie hatte. Ihre Mutter meinte, er wäre sehr verbittert, wollte ihr aber nicht sagen wieso.

Erst als ihr Vater sie eines Tages zur Seite nahm erklärte er ihr:

»Mein Vater, also dein Opa und der Papa von Thomas waren mal richtig gut befreundet, verstehst du? Aber eines Tages, da gab es hier auf dem Hof einen tragischen Unfall. Dein Opa und Thomas Papa wollten zusammen das Dach unseres Hauses reparieren. Alles lief auch gut, bis der Papa von Thomas auf einem Ziegelstein ausrutschte und das Dach hinunterfiel. Dein Opa hat versucht seinen Arm zu packen, der ihm aber entglitt. Und so stürzte er herab und brach sich das Genick. Thomas und Ich, wir waren zu diesem Zeitpunkt etwa so alt wie du, zwölf. Wir spielten im Hof. Ich bin gerade rein gegangen um etwas Limonade zu holen. Aber Thomas wollte im Hof warten. Und er hat die ganze Tragödie gesehen. Ich glaube, er kann das bis heute nicht verarbeiten und sein Stolz verbietet es ihm, sich einem Therapeuten anzuvertrauen. Als ich achtzehn wurde, vererbte mein Vater mir vorzeitig dieses

Haus und sagte, er müsse sich eine Auszeit nehmen. Er wohnt bis heute allein in Frankreich. Für ihn ist es genauso schwer, die Ereignisse zu verarbeiten. Thomas, der seinen Hass nun nicht mehr gegen deinen Opa stellen konnte, wurde zunehmend auf jeden wütend, besonders aber auf unsere Familie.«

Susan hat noch lange gebraucht, bis sie die Bedeutung davon Verstanden hatte.

Mittlerweile kommt sie aber weitestgehend mit ihrem Nachbarn aus und versucht ihn so gut wie möglich zu ignorieren.

Als Susan den Hof betrat, machte sie sich über eben diese Dinge Gedanken. In ihrer Hand trug sie eine prall gefüllte Einkaufstasche, die sie in Richtung Bungalow schleppte. Ihre Eltern waren zu Besuch bei ihrem Großvater in Frankreich.

Sie lehnte aber ab mitzukommen, da ihre Arbeit sie davon abhielt. Das tat ihr zunächst leid, da sie ihn gerne besuchte, aber sie würde es nochmal alleine nachholen. Doch jetzt, da sie es endlich geschafft hatten, ihr Projekt zu vollenden, war ihr viel leichter ums Herz und sie würde in den nächsten zwei Wochen nachkommen. Nur eine Sache ging ihr immer wieder durch den Kopf.

Der gestrige Abend schien ein merkwürdiges Ende genommen zu haben, obwohl er so wunderbar begonnen hatte. Pünktlich um acht stand Dave vor ihrer Tür und sie gingen gemeinsam zum Seaside Restaurant. Das Seaside Restaurant lag geradeswegs die Hauptstraße runter in Richtung Docks. Es hätte für Susan schöner kaum sein können. Sie saßen außen an einem Tisch. Es war warm und sie sahen dem Sonnenuntergang zu, während sie aßen. Sie hatte noch einmal das herrliche Rot und die Wärme vor Augen. Danach standen sie auf und schlenderten noch ein wenig am Strand vorbei und blickten hinaus in das Meer. Sie hörten Möwen und unterhielten sich ausnahmsweise mal über Alles andere außer der Arbeit. Schließlich küssten sie sich. Susan hatte das Gefühl der vollkommenen Erfüllung.

Aber etwas unterbrach diese Stimmung. Das Handy von Dave klingelte und Susan beobachtete, wie sein warmes Gesicht bei jeder Sekunde, die er zuhörte, bleicher und bleicher wurde. Als er aufgelegt hatte, stammelte er hastig etwas von »Brand« und »Detektei« und das er jetzt »gehen müsse« und sich »schnellstmöglich meldete«.

Und schon rannte er los und ließ die völlig verdutze Susan zurück. Merkwürdiger als das ist aber die Tatsache, dass er sich bisher nicht gemeldet hatte. Sein Handy war ausgeschaltet. Das hatte Dave bisher noch nie getan, sich einfach nicht gemeldet. Und das machte ihr große Sorgen.

Sie stellte die Tasche auf den Boden neben die Tür und kramte nach ihrem Schlüssel. Dabei kippte ihre Tasche um und einige Mandarinen kullerten heraus. Sie bückte sich um sie aufzuheben und sah plötzlich ein paar Schuhe hinter sich. Für einen glücklichen Moment lang dachte sie, es wäre Dave. Schlagartig stand sie auf und wirbelte herum. Aber es war nicht Dave Ashford den sie da sah.

Stattdessen blickte sie in den Lauf einer Waffe. Vielleicht lag es daran, dass sie etwas kleiner war, aber der Mann, der die Waffe in der Hand hatte, war sehr groß und hatte breite Schultern. Er sprach mit tiefer

Stimme, die einen ruhigen und gleichsam bedrohlichen Ton hatte:

»Mrs. Vault, suchen Sie Ihren Schlüssel und öffnen sie die Tür. Wenn Sie auch nur ein Wort sagen, erschieße ich Sie auf der Stelle.«

Susan verspürte Angst. Sie nickte und suchte mit zittrigen Händen nach dem Schlüssel. Als sie ihn endlich hatte, schloss sie hastig auf und ging hinein, gefolgt von dem großen Mann, der sehr ungeduldig war.

Da der Bungalow nicht gerade groß war, diente die Eingangshalle gleich als Wohnzimmer, samt Couch und Fernseher. An jeder Wand gab es eine Tür, die in das Schlafzimmer, Bad oder in die Küche führte. Bei allen drei handelt es sich um sehr kleine Räume, die aber für Susan völlig ausreichend waren.

Sie drehte sich langsam um. Der Mann schloss die Tür hinter sich.

Er lächelte: »Mrs. Vault. Ich möchte es Ihnen besonders kurz machen. Stimmt es, dass außer Ihrem Forschungsteam und Mr. Roberts niemand sonst von Aftermath weiß?«

Susan traf diese Frage hart. Woher wusste er davon? Hat doch jemand geredet?

Aber sie antwortete barsch: »Ich weiß nicht wovon Sie reden! Was wollen Sie von mir?«

Der Mann blickte sie ernst an: »Lügen Sie mich nicht an! Ich mag das nicht, wenn man in meiner Gegenwart lügt!«

Er hob die Waffe. »Der Boss meinte, Sie wissen zu viel und ich soll mich jetzt um dieses Problem kümmern. Ist Aftermath fertig?«

Jetzt erkannte Susan den eigentlichen Ernst der Lage und worauf dieser Mann eigentlich hinaus wollte. Sie setzte ein ernstes Gesicht auf, so gut, wie sie es nur konnte und sagte kühl:

»Darauf können Sie noch lange warten! Die Forschungen stecken gerade mal noch in den Kinderschuhen!«

Niro stieß einen Seufzer aus und sagte bedauerlich: »Schon wieder eine Lüge. Und mehr als eine, dulde ich ohnehin nicht. Ich werde jetzt dasselbe mit Ihnen tun, was ich auch mit Mr. Ashford getan habe!«

Er griff in sein Sakko und zog daraus eine angezogene Spritze hervor. Susan stand die blanke Panik ins Gesicht geschrieben:

»Ist das...«

Niro holte mit blanker Gewalt aus und die Spritze schoss in die Armbeuge von Susan.

Sie stieß einen Schmerzensschrei aus, wurde aber kurz danach schlagartig ruhig. Ihr letztes Wort, so vernahm es Niro, war »Bastard«.

Er wischte die Spritze sorgsam ab und schob sie Susan unter. Er schaltete den Fernseher ein und da sie hingegen zu Dave keinen Gürtel trug, suchte er einen im Schlafzimmer den er ihr um ihren Oberarm locker anlegte. Danach verließ er den Bungalow und nahm die Einkaufstüte mit und verließ den Hof der Vaults. Susan konnte nichts weiter tun, als das alles mit letzter Kraft zu beobachten, bevor sie starb.

Niro schälte eine der Mandarinen und begann sie zu essen.

Hof der Vaults, Minor Road No.8
Dienstag, den 04.05.2010
11:47 Uhr

Der alte Bentley Brooklands von Robert
Spencer parkte unmittelbar neben der
Einfahrt von dem Grundstück der Familie
Vault. Normalerweise hatte Spencer heute
seinen freien Tag. Die letzten drei Monate
hatte er nahezu jeden Tag gearbeitet. Es war
seine erste Zeit in Haven, in der er als alleiniger Polizeichef von Haven verbrachte.

Zuvor arbeitete er zusammen mit seinem
Mentor und dem ehemaligen Vorsitzenden,
Albert Granhill. Nun aber genoss dieser
seinen Ruhestand und die Pflicht blieb
allein bei Robert Spencer. Er mochte zwar
diesen Job, freute sich aber über den
heutigen freien Tag, da die letzte Zeit für
ihn viel Arbeit bedeutet hatte und er diese
Zeit nutzten wollte, um eine private Sache
zu erledigen.

Umso gereizter war er, als er am Morgen
aus dem Bett geholt wurde und das auch
noch wegen so etwas banalem wie diesem
Selbstmord.

Dazu kam noch dieser durchgedrehte Detektiv, der den Tod seines Cousins nicht wahrhaben wollte. Natürlich wurde er auch noch durch einen zweiten, sehr ähnlichen, Vorfall bestätigt.

Das fehlte ihm gerade noch: Seinen freien Tag mit diesem Ashford, zwei Leichen und dem ganzen, kommenden Papierkram, auch wenn dieser Teil nur das kleinere Übel war, zu verbringen.

Diese Gedanken schossen Spencer schon die ganze Fahrt über durch den Kopf. Er öffnete die Tür seines geliebten Bentleys, den einzigen Luxus, den er sich für seine Arbeit gönnte. Neben ihm stieg Raymond Ashford ebenfalls aus. Er schaute sich um und sagte nach kurzem Blick entlang der Straße:

»Der Hof ist nicht weit vom Industrieviertel entfernt.«

»Gut erkannt, Sie Meisterschnüffler.« entgegnete Spencer trocken.

Raymond überging dies: »Der Hinterhof, in dem man Dave fand, liegt ebenfalls in der Nähe des Industrieviertels, oben in der Major Road.«

»Na und?« grunzte Spencer. Raymond sagte nichts und folgte Spencer.

In der Innenstadt führen zwei quer laufende und größere Straßen direkt in das Industrieviertel: Die höher, gelegene Major und zwei Kreuzungen weiter die Minor Road. Folgte man der Lewes Road, die direkt von dem Örtchen Piddinghoe nach Haven führte, erreichte man die Innenstadt, die wiederum Richtung Hafenviertel leicht abwärts verläuft.

Spencer betrachtete Raymond missbilligend, als die beiden durch den Hof liefen.

Er sagte: »Ich bin davon überzeugt, dass die Opfer sich selbst einfach durch eine Überdosis umgebracht haben. Mehr nicht! Keine dummen Verschwörungstheorien mit dem Industriebezirk oder Ähnlichem. Ich habe es Ihnen ja gesagt, Sie sollen gefälligst die Klappe halten oder Sie können gleich gehen! Los jetzt, ich will hier nicht noch länger trödeln!«

Sie liefen auf den Bungalow zu, als ein Beamter ihnen entgegen kam. Er führte gerade einen Mann ab, der die ganze Zeit unaufhörlich brüllte:

»Lassen Sie mich los, verdammt noch mal. Ich habe rein gar nichts getan!«

Spencer blickte ungläubig und fragte: »Officer? Wer ist das?«

»Der Mann heißt Thomas Eder«, entgegnete der Beamte. »Er hat Mrs. Vault in ihrer Wohnung gefunden. Als wir ihn fragten, was er dort zu suchen hatte, ist er ausgeflippt. Wir nehmen ihn mit auf's Revier. Sie können ihn später befragen, wenn Sie wollen.«

Spencer nickte und der Polizist zerrte den sich weiterhin sträubenden Thomas Eder zu einem Streifenwagen. Mit angespannter Miene richtete sich Robert Spencer an Raymond: »Sind Sie jetzt endlich zufrieden?«

»Warten wir erst mal ab.«

Spencer schnaubte und die beiden betraten den Bungalow.

Darin lag vor der Couch eine junge und schöne Frau. Ihre langen, blonden Haare verdeckten einen Teil ihres makellosen Gesichtes. Daneben lag eine Haarspange. Raymond strich ihr die Haare aus dem Gesicht und erkannte das Muttermal an ihrem Hals.

Spencer bemühte sich unterdessen, bei der Spurensicherung die benötigen Informationen einzuholen. Er blätterte durch das vorhandene Material und sagte schließlich:

»Das hier ist Susan Vault, Geboren am 17.06.1984 in Haven, Bachelor in Pharmakologie, arbeitet gegenwärtig im…«

Er zögerte. Das war gefundenes Fressen für Raymond Ashford und er wagte kaum, es auszusprechen: »CLAB.«

Raymond reagierte wie erwartet: »Das ist es! Es gibt eine möglicherweise eine Verbindung zwischen den beiden!«

Spencer war sichtlich genervt: »Wissen Sie was, das glaube ich sogar! Vielleicht haben beide zusammen in einer Abteilung gearbeitet, die sich mit Drogen befassen. Und wer weiß, möglicherweise haben sie Gefallen daran gefunden und es dann zu weit getrieben! Sie dachten wohl, zur der Forschung noch etwas praktische Nachforschung zu betätigen. Dass es beide erwischt, war halt eine unglückliche und ironische Haltung des Schicksals!«

»Das glauben Sie doch selbst nicht!« gab Raymond zurück. »Als Pharmakologie Absolvent wusste Mrs. Vault doch bestens über den Umgang mit Drogen beschied! Und dieser Mann, Thomas Eder, warum war er hier?«

»Thomas Eder ist bei der Polizei bereits als Ruhestörer bekannt. Die Vaults haben sich laut der Akte hier in der Vergangenheit schon öfters beschwert.«

»Aha«, lächelte Raymond kalt. »Also hatte er schon früher die Absicht, Mrs. Vault das Leben zur Hölle zu machen.«

Das genügte.

Spencer riss nun endgültig der Geduldsfaden. Er schrie so laut, dass die Spurensicherung einen Moment lang ihre Arbeit niederlegte und neugierig zuhörte.

»Jetzt reicht es mir aber endgültig! Was denken Sie eigentlich, wer Sie sind? Kommen hier her, meinen ich würde meiner Arbeit nicht genug nachkommen, nur weil für mich ein eindeutiger Selbstmord nicht auch gleich ein Mord ist! Selbst dann, wenn es zweimal hintereinander passiert, ja selbst dann. Ich gebe ja zu, dass es merkwürdige Parallelen gibt, aber umso mehr logisch klingende Erklärungen dafür.

Was es diesen Thomas Eder angeht, hat der wohl eine offene Tür gesehen und dachte, er macht ein wenig Randale. Ich werde die Fälle heute noch abschließen und dann den Menschen helfen, die mich wirklich brauchen und leben. Und nicht Ihren Hirngespinsten nachjagen!«

»Aber…«, wollte Raymond sagen.

Er hatte keine Chance. Spencer setzte erneut an: »Ich will kein »aber« mehr hören! Meine Geduld mit Ihnen ist am Ende. Ich hatte Mitleid, aber anscheinend darf man das bei Leuten wie Ihnen nicht haben. Gehen Sie jetzt. Ich sage Ihnen was: Ich bleibe bei meinem Wort und untersuche die Spritzen genauer. Aber wenn ich Nichts finde, hat sich der Fall erledigt und Sie kommen mir am Besten nie wieder in die Quere. Sollten Sie aber doch Recht haben, was ich bezweifle, dann melde ich mich sogar. Und jetzt verschwinden Sie. Hey, Sie da, starren Sie mich nicht so blöd an, sondern geleiten Sie Mr. Ashford nach draußen.«

Ein Beamter, der neugierig zugehört hatte zuckte zusammen, trat hervor und wollte Raymond am Arm greifen. Dieser zog ihn weg und sagte kühl und mit unterdrückter Wut: »Danke, ich kann selbst laufen.«

Er schlug sein offenes Hemd mit der Hand zurück und verließ den Bungalow mit einem letzten, vernichtenden Blick auf Robert Spencer. Dessen Augen funkelten ebenso zornig zurück.

Keine Sekunde später sah er nur noch dessen wehenden Hemdsaum, als Raymond durch die Tür ging.

Detektei Ashford, Harper Road No. 11
Dienstag, den 04.05.2010
12:38 Uhr

Abseits der Läden und Bars gibt es Orte in Haven, die nur von Menschen mit einem gewissen Zwiespalt aufgesucht werden. Die Detektei Ashford ist einer dieser Orte.

Einerseits bedeutet ein Besuch dort, dass man selbst nicht mehr weiter weiß oder die Polizei einem nicht helfen kann.

Aber andererseits bedeutet sie Hoffnung. Schon Raymonds Onkel Ryan, der vorherige Leiter der Detektei, war erstaunlich gut darin, hoffnungslose Fälle zu lösen. Doch im letzten Jahr gab es für die Detektei ein Ereignis, dass vieles verändert hatte.

Ryan Ashford verschwand spurlos und überließ die Leitung seinem Neffen: Raymond Ashford. Und für Raymond bedeutete dies, dass er die ganze Verantwortung trug und dafür keinen Ansprechpartner mehr hatte.

Natürlich wusste er darüber Bescheid, wie man als Ermittler zu arbeiten hatte, aber den Büroteil erledigte immer sein Onkel. Das plötzliche Verschwinden seines Onkels löste in Raymond eine Mischung aus Wut und Trauer aus.

Wut, über das plötzliche Abtauchen seines Onkels und Trauer darüber, dass ihn wieder ein Familienmitglied verlassen hatte.

Alles, was Ryan hinterließ, war ein kurzer Abschiedsbrief und das Versprechen, er würde zurück sein, wenn er bereit sei. Raymond arbeitete immer unkonzentrierter und war während der Arbeit oft betrunken. So ging seine Kundenzahl schnell zurück und seine Fälle wurden immer weniger und weniger. Wenige Leute erinnerten sich noch an die frühere Leistung von Raymond Ashford. Erst der Fall des Einbecherduos brachte neuen Aufwind für Ihn. Aber das Feuer, das bei Raymond bei jedem Fall in den Augen brannte, war erloschen.

Die Leidenschaft, die er in jede Ermittlung mitbrachte, egal wie unbedeutend etwas schien, schenkte den Klienten immer spürbare Hoffnung.

Und anscheinend merkten das die Leute. Trotz erneutem Aufsehen in der Presse bei dem er, Raymond Ashford, genau den Fall löste, der jeden beschäftigte, erreichte er lange nicht mehr den Zulauf, den er früher zusammen mit Ryan hatte.

Die Luft war raus.

Nun lief Raymond Ashford mit schnellen und festen Schritten geradewegs auf die Detektei zu. Er war noch immer wutentbrannt darüber, wie ihn der Chief Constable eine Abfuhr erteilt hatte. Konnte er denn nicht sehen, dass hier etwas gar nicht so lief, wie es sein sollte? Oder war er einer dieser faulen Beamtenschweine, die ihre Arbeit ohne viel Aufwand schnell und bequem erledigen wollte? Solche Menschen brachten Raymond zur Weißglut. Er kramte nach seinem Schlüssel, schloss die Detektei auf und warf die Tür so heftig auf, dass er die Türglocke mit abriss. Aber es kümmerte ihn keineswegs.

Er lief mitten durch den Raum geradewegs auf die Tür zum Treppenhaus zu, vorbei an dem Eingang zum Warteraum, der seit dem letzten Jahr ohnehin überflüssig war und eillte über das Treppenhaus hoch in seine Wohnung.

Sein Apartment war recht klein. Es bestand aus einem Wohnzimmer mit

Küchenecke, sowie einem Bad und einem Schlafzimmer.

Raymond stürmte in das Apartment und warf zornig einen Stuhl um, räumte mit einem Satz den Tisch ab, auf dem ein dreckiger Frühstücksteller stand. Er zerschellte laut auf dem Boden. Dann warf er den ganzen Tisch um. Allmählich ebbte seine Wut etwas ab.

Er wusste, dass er etwas tun musste. Ob nun mit Spencer, oder ohne. Wer auch immer etwas damit zu tun hatte, durfte nicht ungeschoren davonkommen.

Er dachte noch einmal über alles nach. Sein Cousin, Dave, starb durch eine Überdosis Drogen, laut den vorliegenden Indizien. Er musste nicht erst auf den Autopsiebericht warten, um sich dessen ebenfalls sicher zu sein. Währenddessen richtete er den Tisch und Stuhl wieder auf, kehrte die Scherben zusammen und sorgte halbwegs für Ordnung. Er ging zu seiner Minibar in der Ecke und schenkte sich einen Whiskey ein. Nach kurzem Zögern nahm er die ganze Flasche mit und setzte sich an den Tisch. Aber trotzdem, dachte er weiter, hatte er sich nicht selbst damit getötet. Das verriet ihm der Ausdruck auf Daves Gesicht und, wichtiger noch, die Spritze, damit stimmte etwas nicht, was auch seinen Verdacht erregte.

Aber was?

Bildete er sich vielleicht doch nur etwas ein und der Chief hatte recht?

Kannte er Dave so schlecht?

Zugegeben, ihr Verhältnis war früher enger, bis Dave mit der Arbeit angefangen hatte und wenig Zeit übrig blieb. Aber das änderte nichts an dem Umgang miteinander. Oder vielleicht doch und Raymond wollte es nicht wahrhaben. Sollte er den Rat von Spencer befolgen und in eine Bar gehen und einfach alles vergessen?

Und dann plötzlich wusste er, was an der Sache nicht stimmte. Der Eintrittspunkt der Spritze war an seinem linken Arm und er hielt die Spritze in seiner rechten Hand.

Dave war aber Linkshänder.

Diese Erkenntnis sprach Raymond neuen Mut zu. Er musste es dem ermittelnden Beamten sagen. So sprang er auf und ging zum Telefon. Dann hielt er inne.

Er erinnerte sich, dass es nicht mehr Albert Granhill war, der antworten würde, sondern Robert Spencer. Und Raymond wusste was passieren würde, wenn er ihn anrufen würde. Er brauchte jemanden den er Vertrauen konnte. Jemanden, mit dem er schon früher gearbeitet hatte. Auch auf diese Frage hatte er eine Antwort. Nur war das Problem, dass er über ein Jahr nicht mit ihr geredet hatte. Wie würde sie reagieren, wenn er einfach so aus heiterem Himmel bei ihr anrufen würde, nur um sie wieder in einen seiner Fälle hineinzuziehen, in dem der Letzte mit einem Toten geendet hatte.

Könnte sie ihm das verzeihen?

Über diese Fragen machte sich Raymond Ashford noch den gesamten Morgen über Gedanken.

Er zögerte, ob er sie nun Anrufen sollte oder nicht. Er wusste nicht, ob und wie oft der Täter nochmal zuschlagen würde. Allein über Nacht gingen zwei Tote auf sein Konto. Zumindest vermutete er, dass es kein Zufall war, da sowohl Dave als auch Susan Vault eine Verbindung zu CLAB hatten.

Er wusste, es blieb ihm keine andere Wahl, er musste den Laden unter die Lupe nehmen. Und dafür brauchte er sie. Sein zweites Auge und die Frau, die schon immer die Fäden im Hintergrund zog.

Er brauchte Kate.

Detektei Ashford, Harper Road No. 11
Mittwoch, den 05.12.2007
18:02 Uhr

Es war ein kalter und verregneter Abend. Ein großer Mann mit weißen, gekräuselten Haaren lief geradewegs auf die Detektei Ashford zu. Ihn begleitete eine junge Frau mit langen, brünetten Haaren, die zu einem Zopf gebunden waren.

Die beiden hatten je einen Regenschirm, den sie mit nicht gerade geringem Aufwand gegen den Wind hielten. In der Detektei lehnte sich Ryan Ashford gelangweilt über einen großen Haufen Papierkram. Seine Brille rutsche hinunter, als er kurz vor dem Einnicken war.

Er hatte mittellange, dunkelbraune Haare, von denen einige schon ergraut waren. Aber der größte Teil seines Gesichtsausdruck war eindeutig dem von Raymond ähnlich.

Als sich die Tür öffnete, läutete die Glocke und der Mann und die Frau traten ein. Ryan blickte auf und als er den Mann entdeckte, lächelte er erfreut:

«Matthew, schön dich zu sehen!« sagte er laut. «Was treibt dich an einem so beschissenen Abend hierher?«

Der Mann namens Matthew White lachte ebenfalls, legte den Regenschirm beiseite und sagte:

«Ich war rein zufällig in der Gegend und wollte mal bei meinem alten Freund vorbeischauen. Kennst du schon meine junge Kollegin Kate hier?«

Die junge Frau an der Seite von Matthew, die sich besonders viel Zeit lies, ihren Regenschirm zu verstauen, schaute zu Ryan und auch sie lächelte, wenn auch sehr schüchtern. Er nickte ihr freundlich zu und sagte zu Matthew gewand:

«Du alter Halunke bringst mir immer die ganze Boulevardpresse hier rein.«

«Ja ja, schon klar. Erst unsere Hilfe wollen und dann vor den Kopf stoßen.«

Er ließ sich auf einem Stuhl gegenüber des Schreibtisches nieder und spähte aus dem Fenster. Draußen regnete es noch immer in Strömen.

Unterdessen nahm Ryan die Akten, die auf dem Schreibtisch verstreut lagen, unter die Arme und trug sie in das Aktenlager und warf sie achtlos hinein. Als er wieder herauskam schloss er die Tür zum Lager. Er lies sich locker in seinen Schreibtischsessel fallen und legte die Füße auf den Tisch.

«Also, wie gesagt», begann Matthew «Das hier ist Katharina May, sie arbeitet ebenfalls beim Haven Courier.«

Katharina schüttelte Ryans Hand.

«Freut mich.« sagte er zu ihr gewand.

»Katharina kam direkt nach dem Abschluss in Journalismus zu uns«, fuhr Matthew fort. »Und ich unterweise sie die nächsten Monate genauestens in unsere Arbeit.«

»Und natürlich konntest du es nicht sein lassen, ihr mal deine Nebentätigkeiten vorzustellen. Wollt ihr einen Tee?« unterbrach Ryan.

»Ja, gerne«, sagte Matthew und auch Katharina nickte. Ryan stand auf und verschwand hinter der Tür zum Treppenhaus.

Matthew und Ryan waren bereits seit ihrer frühen Kindheit befreundet. Im Laufe der Jahre lies ihre Freundschaft kein Stück nach. Während Ryan die Detektei gründete, arbeitete Matthew bei dem Haven Courier.

Matthew hatte, das konnte man nicht leugnen, ein echtes Händchen wenn es darum ging, Informationen zu bekommen, die eigentlich ein Geheimnis waren.

Genau deshalb brauchte er es bei dem Haven Courier so weit. Das »Enthüllungsmagazin« befasst sich mit politischen Skandalen und allem sonst, was über die normalen Nachrichten hinausgeht.

Der entscheidende Unterschied zu einer Zeitung einer Boulevardpresse ist allerdings, dass der Haven Courier stets mit Tatsachen und Fakten argumentiert.

Daher ist er unter dem Volk hoch angesehen und von Politikern und Wirtschaftsgrößen gefürchtet.

Ryan kam mit einer Teekanne und vier Tassen zurück, als Matthew Katharina gerade eine Geschichte aus dessen Kindheit erzählt:

»Und dann rannten Ryan und ich um unser Leben als die alte Miss Logan uns wütend verfolgte.«

»Daran erinnere ich mich noch gut«, meinte Ryan und schenkte in drei Tassen Tee ein und lies die vierte Tasse auf dem Tisch stehen.

Auf Matthews fragenden Blick hin ergänzte er: »Raymond müsste gleich
kommen. Jedenfalls rastete die alte Logan
immer aus, wenn ein Ball in ihrem Hof
landete. So eine Frau habe ich…«

In diesem Moment läutete die Glocke er
Detektei erneut und ein Mann kam herein.
»Raymond!« rief Ryan »Das dauerte ja
ewig! Tee?«

Matthew und Katharina drehten sich zu
Raymond herum und bevor er irgendetwas
sagen konnte, trafen sich Raymond und
Katharinas Blick. Es war ein Moment, der
ewig zu dauern schien.

Dann schließlich bejahte er die Frage und
setzte sich ebenfalls an den Tisch. Raymond
sah müde aus, aber er erzählte:

»Ich habe genug für heute. Dieser Penner
wollte sich einfach nicht zeigen. Aber ich
glaub jetzt haben wir ihn. Ach ja, hallo
Matthew.«

Er schüttelte Matthews Hand und nahm
danach einen großen Schluck Tee.

»Um was geht es?« fragte Matthew.

»Ehemann der Fremdgeht, auf Verdacht
der Ehefrau«, erklärte Ryan.

Raymond blickte nun abermals zu Katharina und fragte kurz darauf:

»Entschuldigung, wer sind Sie eigentlich?«

»Katharina May, aber Kate ist auch in Ordnung. Ich arbeite zusammen mit Matthew beim Haven Courier. Ich habe aber noch viel zu lernen, auch wenn ich schon gut eineinhalb Jahre dabei bin. Ich lasse mich gerade vertieft in die Arbeit von Matthew einweisen. Und Sie?«

Katharina, die sich vorher eher im Hintergrund gehalten hatte, schien nun in der Gegenwart von Raymond etwas gesprächiger geworden zu sein.

»Ich bin Raymond Ashford. Ich arbeite zusammen mit meinem Onkel Ryan hier«, antwortete Raymond.

»Mr. Ashford«, wollte Katharina beginnen aber Raymond unterbrach sie: »Raymond ist schon in Ordnung.«

Katharinas Backen glühten leicht und sie fuhr fort:

»Okay, also Raymond. Es freut mich sehr.« Zu diesem Zeitpunkt waren sich beide nur wage bewusst, das dies der Anfang einer Beziehung war, die ihren weiteren Berufs-weg in gänzlich neue Bahnen lenkten sollte.

Kate wurde immer ausgelassener und unterhielt sich bevorzugt mit Raymond.

Dabei warfen sich Ryan und Matthew vielsagende Blicke zu. Die Stimmung an diesem Abend war trotz des kalten Wetters ausgelassen und alle vier redeten noch bis in die späte Nacht hinein.

Und Matthew White hatte an diesem Abend erreicht, weswegen er gekommen war: Um einer neuen Generation die Türen öffnen zu können.

Polizeipräsidium, Innenstadt von Haven
Dienstag, den 04.05.2010
12:42 Uhr

Das Polizeizentrum lag unmittelbar vor der Auffahrt zur Uptown. Das Gebäude erinnerte an ein altes Rathaus und in der Tat diente es, bevor das neue Rathaus gegenüber gebaut worden war, zu diesem Zweck. Da aber das Gebäude nun unbenutzt wäre, entschied man in der Stadtratssitzung letzten Jahres, es zu einer Polizeistelle umzufunktionieren.

Durch die Lage des Präsidiums konnte die Polizei sogar einigermaßen schnell an jeden Ort von Haven vorrücken. Dazu kam, dass das alte Präsidium südlich zwischen dem Hafenviertel und der Innenstadt oft von Randalierern über Nacht attackiert wurde und die Polizei, trotz Überwachung des Gebäudes, kaum etwas dagegen tun konnte.

Robert Spencer parkte seinen geliebten Bentley Brooklands auf dem privaten Parkplatz der Polizisten und stieg genervt aus. Er dachte heute wäre sein ruhiger, freier Tag und stattdessen schlug er sich mit zwei

Selbstmördern herum und musste nun auch noch ein Verhör führen.

Nach Spencers eigener Meinung verbrachte er selbst schon viel Zeit am zweiten Tatort.

Er betrat das alte Ratshausgebäude und stieg über die Treppen am Hintereingang hinauf in den zweiten Stock. Dort steuerte er geradewegs an einzelnen Abteillungen auf sein Büro am Ende des Flures zu. Er ging hinein und setzte sich hinter seinen aufgeräumten Schreibtisch. Was es den Papierkram anging, war Spencer ein echtes Vorbild. Er erledigte seine Aktenarbeit stets gewissenhaft und fügte sogar persönliche Gedanken und Notizen zu den Akten hinzu. Er nahm sich eine Zigarette und zündete sie an. Spencer gab nie besonders viel auf das Rauchverbot und auch sonst schien sich niemand darüber zu beschweren, dass er in seinem Büro rauchte.

Allerdings war er sich nicht sicher, ob es ihnen wirklich egal war, oder ob einfach nur keiner wiedersprechen wollte. Spencer konnte nämlich ziemlich barsch werden, dass hatten die meisten relativ schnell gelernt.

Albert Granhill, sein früherer Mentor, meinte aber, dass dieses Temperament die richtige Einstellung sei, was seine aufbrausende Art nur bestätigte.

Robert Spencer wandte sich dem nun anstehenden Papierkram zu. Neben seinem Schreibtisch gab es in dem Büro noch einige Aktenschränke und zwei weitere Stühle.

Ansonsten aber hatte Spencer bis jetzt kaum persönliche Gegenstände in seinem Büro, abgesehen von dem Aschenbecher und den Zigaretten.

Da Granhill selbst leidenschaftlich gerne Zigarren rauchte, durfte Robert von Anfang an auch selbst rauchen.

Eine Stunde später war er mit der Akte über das erste Opfer, Dave Ashford, fertig, als ein Polizist klopfte und eintrat. Spencer nahm einen Zug an seiner zweiten Zigarette, sah auf und fragte schlecht gelaunt:

»Was gibt es, McMillan?«

»Thomas Eder wäre dann soweit, um von Ihnen nochmal verhört zu werden. Machen Sie sich aber keine Hoffnungen, der Kerl hat ein Alibi«, sagte Bob McMillan.

»Gut. Ich komme gleich. Außerdem halte ich es sowieso für einen Selbstmord. Aber der Formalität halber werde ich nochmal mit Mr. Eder sprechen.«

Aber in diesem Moment fiel ihm das Versprechen ein, dass er Raymond Ashford gab. Er konnte ihn noch so sehr verabscheuen, aber er würde zu seinem Wort stehen.

»Warten Sie!« rief er dem Polizisten zu, der gerade gehen wollte. »Ich bitte Sie noch um einen Gefallen. Geben Sie die Spritze, gelistet als 040510 – 1 – 1, in das Labor und lassen Sie es auf Fingerabdrücke und vergleichbare Merkwürdigkeiten untersuchen.«

Im Haven Police Department werden Fälle systemisch sortiert: Die erste Zahl nennt das jeweilige Datum des Tages, an dem der Fall einging, also Heute, am 04.05.2010 die Tagesnummer 040510. Die zweite Zahl, getrennt durch einen Bindestrich, gibt die Eingangsnummer des Falles an. Also wäre der erste Fall eines Tages die – 1. Ebenso werden die Beweisstücke nummeriert. Jedes Teil bekommt seine Nummer, die Spritze zum Beispiel war das erste Beweisstück, folglich die – 1.

»Sir?« fragte McMillan.

»Tun Sie es einfach!«

»Wie Sie wünschen.«

Spencer drückte seine Zigarette aus. Er hatte seine Pflicht erfüllt. Jetzt würde er noch kurz Thomas Eder verhören und die zwei zusammenhangslosen Fälle zu den Akten legen und den Vorfall ein für alle mal vergessen.

O'Neill's Pub, Harper Road No. 27
Samstag, den 01.05.2010
21:14 Uhr

In der selben Straße wie die Detektei Ashford, abgelegen an der Ecke zur Madison Road, an die sich normalerweise keine Seele hin verirrte, befand sich auch die Lieblingskneipe von Raymond Ashford, »O'Neill's Pub«.

Wann immer Raymond es für nötig hielt, über sein Leben bei ein paar guten Gläsern Whiskey nachzudenken, suchte er diesen Ort auf.

Allerdings haben sich innerhalb des letzten Jahres diese Besuche deutlich vermehrt. Der Pub war nicht wirklich groß, es bot aber dennoch einige Tische und einen Tresen mit Barhockern.

Was Raymond jedoch am meisten liebte, war das Ambiente. Alles war in einem dunklen, altmodischen Ton gehalten, mit einigen Rotstichen, wie etwa der rote Überzug über den Barhockern.

Hinter dem Tresen zierte eine beachtliche Sammlung an Whiskeyflaschen das Regal, durch die er sich in den Jahren seiner

Besuche allesamt durchprobiert hatte. An den Wänden hingen Bilder von Jack Daniels Whiskey und Guinness.

Und nirgendwo war ein Fernseher, der ihn hätte nerven können.

Als er an diesem Abend den Pub betrat, nickte ihm der Inhaber, ein Ire namens Rupert O'Neill, zu.

O'Neill ist ein bereits alter und gleichsam mürrischer Zeitgenosse. Dennoch mochte Raymond ihn.

Er stellte nie unnötige Fragen, sagte nie, dass jetzt Schluss mit trinken sei, immerhin wusste Raymond das selbst zu genüge.

»Das Gleiche wie immer?« brummte er, als Raymond die Theke erreichte und sich auf einen Barhocker niederließ.

»Ja«, antwortete Raymond knapp.

Kurze Zeit später stellte ihm der Wirt ein Glas doppelten Whiskey auf den Tisch. Es gab so vieles, das ihn beschäftigte und er wusste nicht, wo er anfangen sollte.

In diesem Moment, als Raymond über seinem Berg von Sorgen brütete, sprach ihn jemand von der Seite an und riss ihn aus seinen Gedanken.

»Verzeihen Sie.« sagte eine Frauenstimme.

»Wissen Sie, wie spät es ist?«

Raymond drehte sich auf seinem Barhocker ganz außen am Tresen, seinem Lieblingsplatz, weil ihn dort für gewöhnlich niemand störte, um und blickte geradewegs in die Augen einer bildhübschen, jungen Dame, die da zusammen mit ihrer Freundin, nicht weniger attraktiv, stand.

Er dachte über diese Situation einen Augenblick lang nach: Direkt über den Tresen hing eine riesige Uhr. Und Sie fragte ihn nach der Zeit, also hatte sie wohl einen anderen Hintergedanken.

Wollte sie seine Dienste? Wohl kaum an diesem Ort und diese Uhrzeit. Wie offensichtlich, dachte er.

»Viertel nach Neun«, antwortete er.

Er musterte sie erneut. Ihr langes, brünettes Haar fiel ihr von den Schultern abwärts und verbarg so einen Teil ihres attraktiven Körpers. Auch ihr Gesicht war ansehlich. Sie erinnerte ihn unweigerlich an jemanden, den er kannte. Jemand, der zu seiner Vergangenheit gehört und vielleicht nie zurück kam.

Und dieser Gedanke schmerzte ihn.

»Hör mal, Kleine, ich bin heute nicht in Stimmung. Tut mir leid, aber ich will einfach nur meine Ruhe«, fügte er mit leicht bedauerlichem Ton, immerhin wollte er sie ja nicht kränken, hinzu.

Einen Moment lang schien sie sehr perplex, denn offensichtlich wurde sie nicht gerade sehr oft abgewiesen. Dann aber sagte sie leicht enttäuscht:

»Oh, okay. Ich verstehe.«

»Tut mir leid, ist nichts persönliches.«

»Ist schon okay«. sagte sie und ging mit ihrer Freundin zwei Tische weiter und ließ sich dort nieder, den Blick immer noch erwartungsvoll in seine Richtung gewant. Die Begegnung mit dem Mädchen legte in ihm die Erinnerungen über Katharina May frei. Ihm schossen alle möglichen Gedanken über Kate durch den Kopf. Wie sie sich an einem verregneten Dezemberabend im Jahre 2007 das erste Mal gesehen hatten. Danach folgten fast zwei Jahre an gemeinsamer Arbeit. Sie hatte offenbar das gleiche Talent wie damals Matthew White. Zudem war sie ein wahres Genie wenn es um Computer ging. Und sie war im Stande, Menschen relativ gut zu manipulieren.

Diese zwei Jahre an Arbeit stellten den Höhepunkt in Raymonds Karriere als Detektiv dar.

Er war zwar vorher schon ein sehr guter Ermittler, aber mit Kates Hilfe erreichte er ungeahnte Höhen. Um sich und ihre Arbeit zu schützen, hielt sie sich aber immer im Hintergrund auf. Ihr Verhältnis hätte kaum besser sein können.

Doch eines Tages tat Raymond etwas, was Katharina ihm nie Verzeihen konnte.

Er tötete bei einem Einsatz jemanden, der Ihr sehr nahe stand. Sie redeten genau einmal darüber, nicht gerade ausführlich und seitdem wollte sie nichts mehr mit ihm zu tun haben.

Es schien, als wäre ihre gemeinsame Leidenschaft mit einem Schlag erloschen. Sie sagte, dass sie Abstand brauche, zu dem was passiert ist, und Raymond, der sich schuldig fühlte, lies sie gehen.

Und dass, obwohl ein Teil von ihm wusste, dass es der einzige Weg war, ein anderes, unschuldiges Leben zu retten. Auch wenn er die Möglichkeit gehabt hätte, entschloss er sich, keinen Kontakt zu ihr aufzunehmen. Es graute ihm, wieder an all das denken zu müssen und er wandte sich seinem Whiskey zu.

Und dennoch verging kaum ein Tag, an dem er Kate nicht vermisste. Weil eine Sache ganz klar und eindeutig war:

Alte Wunden heilen nicht.

Kapitel 2

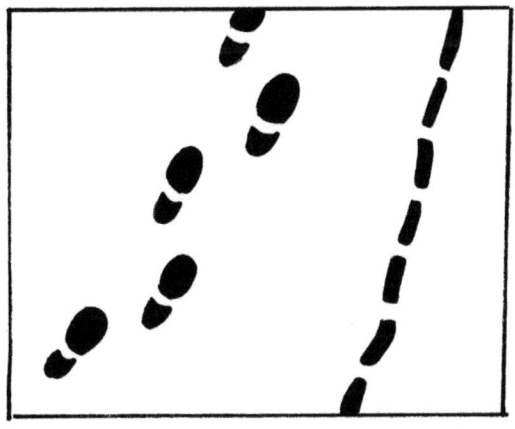

Fragen führen zu Antworten

Polizeipräsidium, Innenstadt von Haven
Dienstag, den 04.05.2010
16:30 Uhr

Inzwischen ist über Haven bereits der Nachmittag angebrochen. Einige Wolken am Himmel schienen auf einen kommenden Regen hinzudeuten. Das versetzte viele Leute im Polizeipräsidium in eher schlechte und gereizte Laune.

Am meisten jedoch Robert Spencer.

Den weiteren Verlauf des Tages verbrachte er damit, den ausstehenden Papierkram, der durch die zwei Opfer entstanden war, aufzuarbeiten.

Immerhin war er den Vormittag mit anderen Dingen beschäftigt, was ihn ein weiteres, großes Stück von seinem Feierabend entfernte.

Das Verhör lief für ihn, wie er es erwartet hatte. Er betrat den Verhörraum ein Stockwerk tiefer, in dem Thomas Eder bereits auf ihn wartete. Ein Polizist teilte ihm mit, dass Mr. Eder sich unterdessen sehr ruhig verhalten hätte.

Spencer ging hinein und nahm Eder sofort in die Mangel. Aber nur wenig später stellte sich heraus, dass er doch unschuldig war.

Thomas Eder wurde zum vorläufig vermuteten Todeszeitraum zwischen zehn und elf Uhr an diesem Morgen von mehreren Überwachungskameras eines Einkaufscenters in der Innenstadt gefilmt und hatte als zusätzlichen Beweis noch dazu die Quittung eines Einkaufes vom Supermarkt.

Es war unmöglich für jemanden zu behaupten, Thomas Eder hätte etwas damit zu tun.

Am allerwenigsten für den Privatdetektiv Raymond Ashford.

Mit grimmiger Genugtuung schrieb Spencer den Bericht über Susan Vault zu Ende und nannte als Todesursache, wie auch im Fall von Dave Ashford: Suizid.

Das würde Mr. Ashford bestimmt nicht gefallen, aber er hatte gar keine andere Wahl, als dies so hinzunehmen.

Es ist mehr als offensichtlich, zwar ein seltsamer Zufall, aber keineswegs abwegig.

Robert Spencer lehnte sich gerade zufrieden in seinen Stuhl zurück und zündete sich eine Zigarette an, die Packung neigte sich dem Ende zu, als der Polizist von heute Morgen wieder an seine Tür klopfte.

»Herein«, brummte Spencer.

»Sir,« sagte Bob McMillan und trat etwas unsicher vor den Schreibtisch.

Er war ein großer Fan von Raymond Ashford, insbesondere nach seiner großen Leistung im vergangenen Jahr, aber er kannte auch die Meinung von Spencer. Immerhin verfluchte er seit dem Mittag Raymond lautstark, so dass er und ein paar andere ihre Arbeit niederlegten und angespannt lauschten.

Nervös trat von er einem Fuß auf den Anderen, als er dastand und leise murmelte:

»Ich bringe Ihnen den gewünschten Untersuchungsbericht der Fingerabdrücke auf der Spritze, die wir bei Mr. Ashford fanden.«

»Schon Gut. Danke«, antwortete Spencer knapp. »Ich kann mir die Antwort denken. Legen sie es auf meinen Schreibtisch.«

Der Polizist lachte nervös auf, als er die Akte auf den Tisch legte: »Sir, lesen Sie ihn lieber nach.«

Spencer blickte verdutzt McMillan nach, der nun die Tür schnell hinter sich schloss. Er konnte es nicht schnell genug haben, von Robert Spencer wieder weg zu kommen.

Immerhin brachten manche neuen Entdeckungen Spencer, wenn er einmal seine Meinung gebildet hatte, aus der Fassung. Er wurde zum Teil sogar ein wenig unberechenbar. Das hatte ihn in Brighton auch nicht viele Freunde eingebracht, denn er brüllte mehr als einmal seinen Kollegen in Grund und Boden, als dieser bei einem fast abgeschlossenen Fall neue Hinweise entdeckte. Mit der halben Zigarette im Mund nahm er den Bericht und las.

Nachdem er einige Minuten still gelesen hatte, klappte ihm plötzlich der Mund auf und der letzte Rest seiner Zigarette rollte über seinen Schreibtisch. Er nahm sie hastig, drückte sie aus und nahm sich sofort die nächste.

Gebannt las er den Bericht noch einmal ganz genau, ehe er Aufsprang und ein Telefonbuch aus dem Regal heraus kramte.

Wie das bei solchen Suchen üblich ist, war das gewünschte Objekt nie zur Stelle, obwohl Spencer hätte schwören können, in der letzten Woche noch mindestens drei Ausgaben des aktuellen Telefonbuches gesehen zu haben.

Aber schließlich fand er es dann doch, es lag direkt vor ihm und fand die Nummer von der Detektei Ashford in der Rubrik »Alltagshilfen und Beratung«.

Er musste ihm dringend ein paar Fragen stellen. Und er brauchte neue Zigaretten.

Kates Apartment, Suery Road No. 21
Dienstag, den 04.05.2010
15:29 Uhr

Im Nordwesten der Innenstadt siedeln sich die meisten Wohnhochhäuser an.

In einen dieser Wohnhäuser lebte die Reporterin Katharina May, die für das Haven News Paper schrieb.

Früher war sie einmal Reporterin für das Enthüllungsmagazin »The Haven Courier« gewesen. Doch seit dem Tod von Matthew White wechselte sie zum normalen Tagesblatt. Sie konnte es einfach nicht ertragen, ohne ihn weiter an spektakulären Geschichten zu schreiben. Ihre Euphorie für heikle und teils sogar lebensgefährliche Reportage ist seit dem Ableben ihres guten Freundes und Mentors völlig erloschen.

Matthew war immer etwas Besonderes, wenn es um Beschaffung von Informationen ging. Katharina lernte viel von ihm. Er war es, der vor ca. 25 Jahren ein stadtbekanntes Drogenkartell namens »In HeAVEN« hochgehen lies. Er schleuste damals wichtige Informationen und Beweise zur Polizei und im Gegenzug schrieb er als erstes diese Top-Story. Die Arbeit beim Haven News Paper hingegen war langweilig und berechenbar und Katharina fühlte sich zunehmend müder von der Arbeit.

Gelangweilt betrat sie das Haus Nummer 21 in der Suery Road und fuhr mit dem Fahrstuhl hinauf in den dritten Stock. Sie schleppte sich den Flur entlang und betrat ihr Apartment Nummer 304.

Dort warf sie ihre Tasche auf den Tresen, machte sich einen Kaffee und löste ihren Pferdeschwanz. Ihr langes, brünettes Haar reichte ihr weit über die Schultern. Gelangweilt schlurfte sie in ihr Schlaf- und Wohnzimmer, warf sich auf ihr Bett und zog ihren Laptop zu sich und fing mühselig an, ihren nächsten Bericht zu tippen.

Das letzte Interessante, was sie geschrieben hatte, waren die Berichte über die Überfälle auf die verschiedenen Häuser in Haven. Besonders, als der Name von Raymond Ashford ins Spiel kam.

Raymond. Ray.

Sie wusste nicht, ob sie ihn vermisste oder einfach nur verabscheute.

Persönlichen Kontakt hatten die beiden zuletzt vor einem Jahr, wo sie ihm sagte, sie wolle ihn nie wieder sehen. Was damals passierte, lastet ihr heute noch auf der Seele. Sie wollte nicht mehr darüber nachdenken. Am liebsten wollte sie Raymond vergessen. Aber sie konnte es nicht.

Der langweilige Artikel über die Eröffnung des neuen Fischermuseum unten in den Docks neigte sich dem Ende zu. Sie setzte ihr Kürzel »K.M.« darunter. Danach suchte sie noch einige Fotos zusammen, die sie geschossen hatte und hing sie an ihren Artikel dran.

Sie speicherte gerade das Dokument, als plötzlich das Telefon auf dem kleinen Tisch neben ihr klingelte. Noch während sie den Artikel ein zweites Mal las, nahm sie den Hörer ab, klemmte ihn unter das Ohr und sagte genervt:

»Katharina May am Apparat, sprechen Sie.«

Am anderen Ende antwortete Niemand.

»Hallo?«, fragte sie erneut, nun noch genervter. Fast wollte sie wieder auflegen als die andere Stimme plötzlich sagte:

»Kate…«

Nun war sie sprachlos. Den Artikel vor sich hatte sie völlig vergessen.

Geistesabwesend klappte sie den Laptop zu. War es wirklich seine Stimme, die sie da hörte? Verdutzt und unsicher fragte sie:

»Raymond?«

»Ja, ich bin es«, antwortete Raymond Ashford von der anderen Seite der Leitung. In Katharina löste sich ein Jahr der angestauten Wut und Enttäuschung über Raymond. Sie hielt sie jedoch gerade noch so im Zaun. Stattdessen fragte sie barsch:

»Was willst du von mir?«

Raymond zögerte einen Moment, ehe er langsam antwortete:

»Ich…ich brauche deine Hilfe.«

Nun schrie sie in den Hörer, denn jetzt konnte sie nicht mehr:

»Du kommst also nach einem Jahr des Schweigens und ohne ein einziges Wort über die Vergangenheit zu mir und verlangst Hals über Kopf, dass ich dir ohne ein weiteres Wort helfen soll?«

»Katharina…« Raymonds Stimme erklang gebrochen durch die Leitung. »Kate, du hast recht. Es war nie richtig von mir, dich einfach so, ohne weitere Worte, gehen zu lassen. Ich war ebenso geschockt über das, was passierte, wie du. Aber bitte, ich möchte jetzt nicht darüber reden.«

»Ach nein?« brauste Kate auf. »Wann dann? Etwa wenn wir alt sind, oder wie stellst du dir das vor?«

»Kate, es ist etwas passiert. Mein Cousin, Dave, ist tot.«

Katharina schwieg. Trotz ihrer Wut tat es ihr fast schon leid, ihn angeschrien zu haben. Sie versuchte möglichst beherrscht und neutral zu reden:

»Was ist passiert?«

»Laut der Polizei eine Überdosis an Heroin«, erklärte Raymond.

»Aber das kann ich mir nicht vorstellen. Ray, Dave und Drogen? Das ist lächerlich!«

»Genau das Gleiche denke ich auch. Aber nicht nur das allein ist passiert.«

Raymond schilderte Kate alle Ereignisse des heutigen Morgens. Angefangen bei seinen Zweifeln, bis hin zu der Auseinandersetzung mit Robert Spencer.

Kate überlegte einen Moment, dann sagte sie: »Also, fassen wir zusammen. Seit heute Morgen wurden zwei Leichen, dein Cousin und eine Frau Namens Susan Vault, tot aufgefunden. Die Polizei glaubt an Selbstmorde durch eine Überdosis und du glaubst, es waren Morde?«

»Genau«, erwiderte Raymond. Im innersten von Kate erwachte ein altes Feuer zum Leben, dass sie nur aus ihrer Zeit beim Haven Courier kannte. Sie wollte sich dagegen wehren, aber dieses Gefühl war stark. Wohl überlegend suchte sie Worte:

»Gut, im Angesicht deiner Situation werde ich dir helfen. Im Gegenzug verlange ich von dir danach ein Treffen, indem wir in aller Einzelheit über die Vorfälle von vor einem Jahr sprechen werden.«

»Einverstanden«, sagte Raymond.

»Okay, wir lassen das so stehen und verlieren kein Wort mehr darüber, bis die Sache vorbei ist«, meinte Kate. »Also, am besten fangen wir bei der Verbindung der beiden an.«

»Dave arbeitete in der Forschungsabteilung für Physikalische Technik von CLAB im Industriebezirk. Susan Vault war die zuständige junge Leiterin der Abteilung für Pharmakologie, ebenfalls im CLAB.«, erklärte Raymond.

»Das ist ein guter Anfang«, sagte Kate und strahlte einen Hauch der Begeisterung von damals aus.

»Sehen die Ermittler da etwa keinen Zusammenhang?«

»Möglicherweise schon. Sie betrachten es nur nicht als relevant. Der zuständige Ermittler Spencer ist meiner Meinung nach etwas engstirnig.«

»Gut, ich werde sehen was ich machen kann.«

»Danke«, sagte Raymond. Bevor sie auflegte sagte Kate:

»Das ist ja fast wie in den alten Zeiten, Ray.«

»Ja.«, sagte Raymond nachdenklich. »Fast wie in alten Zeiten, Kate.«

Sie tauschten noch ihre aktuellen Telefon- und Handynummern aus und dann legte sie auf.

Sie würde sich an dem Tag noch einige Male fragen, ob sie auch das Richtige tat, aber immer wieder auf dieselbe Antwort kommen: Sie tat es.

Detektei Ashford, Harper Road No. 11
Dienstag, den 04.05.2010
17:02 Uhr

Raymond legte auf. Er konnte sein Glück kaum fassen, denn er arbeitete nach einem Jahr ohne Worte tatsächlich wieder mit Kate. Von diesem Moment an nahm er sich vor, mit Kate auf alle Fälle über die Sache von damals zu sprechen und wenn sie bei ihm bleibt, will er alles daran setzten, sie nie wieder so wie vor einem Jahr einfach so gehen zu lassen.

Ermutigt davon, heute doch noch etwas geleistet zu haben, machte er sich daran, die bisherigen Fakten in einem unbenutzten Notizbuch zusammenzutragen.

Er steckte es mitsamt einem Stift in seine Hosentasche. Der einzige gemeinsame Nenner war das CLAB und Raymond beschloss, dort hinzugehen um vielleicht einige Hinweise auf einen Kontrahenten oder Vergleichbares zu finden.

Er nahm sein Handy in die Hand und wolte gerade aufstehen als sein Festnetztelefon der Detektei eine Etage weiter unten klingelte.

Hatte Kate etwa schon etwas für ihn, obwohl sie erst vor 10 Minuten telefoniert hatten?

Oder hatte sie es sich doch nochmal anders überlegt und lehnte doch ab?

Dann bemerkte er, dass Kate ja seine Handynummer hatte und garantiert nicht unten anrufen würde. Er rannte die Treppen hinunter und nahm keuchend den Hörer ab.

»Detektei Ashford. Wie kann ich Ihnen helfen?« brachte er völlig außer Atem hervor.

Es war die Stimme von Robert Spencer, die am anderem Ende der Leitung zu hören war: »Mr. Ashford? Ich habe mehrmals versucht, Sie zu erreichen.«

»Ich habe telefoniert«, sagte Raymond knapp. Im war das Klingeln unten in der Detektei zuvor nicht aufgefallen.

»Wie auch immer«, brummte Spencer. »Ich habe Ihnen etwas zu sagen.«

»Und was?« fragte Raymond.

Er hörte wie Spencer sich im Hintergrund eine Zigarette anzündete, ehe er sprach:

»Ich gebe es nur ungern zu, aber Sie hatten recht, was die Spritze angeht. Wir fanden einen Fingerabdruck des Daumen, Zeigefinger und Mittelfinger von Dave Ashford, aber das Merkwürdige ist, dass es nur diesen einen Abdruck gab.«

Raymond überlegte kurz. Wenn man eine Spritze vorbereitete, dann müsste man eigentlich mehr als einen Abdruck hinterlassen.

Und selbst wenn er sie wirklich irgendwo vorbereitet erworben hätte, müsste sie dennoch mindestens einen Abdruck hinterlassen, als er sie einsteckte.

Aber warum gab es dann keinen anderen, fremden Abdruck?

»Also war die Spritze entweder vorbereitet, oder...« sagte er.

»Ich weiß, woran Sie denken!« unterbrach ihn Spencer. »Aber das beweist noch gar nichts! Aber ich kann nicht leugnen, dass Sie da eine Merkwürdigkeit entdeckt haben.«

Raymond nahm im Hintergrund des Hörers ein Klopfen wahr und Spencer entschuldigte sich.

Raymond hörte wie Spencer jemanden hereinbat und ein anderer Mann zu sprechen begann. Spencer selbst sagte kaum ein

Wort. Für Raymond war es unverständlich, worüber die zwei Männer im Hintergrund sprachen, aber der andere, der nicht nach Spencer klang, redete hastig und schnell. Schließlich jedoch nach etwa drei Minuten sagte Spencer etwas Verständliches:

»Ich verstehe, Sie können gehen, ich komme gleich. Mr. Ashford? Ich bin wieder da. Es gab einen weiteren Vorfall mit ähnlichem Ablauf. Hier haben Sie ihre letzte Bewährungschance. Ich erwarte Sie in zwanzig Minuten an der Eastern Uproad No. 128.«

Und ohne noch ein weiteres Wort zu sagen, haute Spencer den Hörer auf die Gabel.

Raymond stand verwundert noch eine weitere Minute neben dem Telefon. Noch ein Opfer? Was ist da auf einmal passiert? Dem Ton des anderen Mannes nach zu urteilen, klang es jedenfalls nicht gut. Also machte sich Raymond direkt wieder auf den Weg, aber nicht ohne zuvor seinen Revolver wieder aus dem Nachttisch in seinem Schlafzimmer geholt zu haben.

Detektei Ashford, Harper Road No. 11
Montag, den 26.06.2006
11:27 Uhr

Es war wieder einer dieser Tage, an dem sich Ryan Ashford gelangweilt über den Papierkram beugte und versuchte, einige der Dokumente abzuarbeiten, ohne dabei einzuschlafen.

Er strich sich dabei mehrmals die halb grauen Haare aus dem Gesicht oder putzte unzählige Male seine Brille. Neben ihm stand sein Kaffee, den er aber kaum beachtete. In seiner rechten Hand hielt er locker seinen Kugelschreiber. Hin und wieder warf er einen längeren Blick aus seinem Fenster und schaute den Passanten draußen auf der Straße zu, die dort vorbeigingen.

Einige waren in ihre Handys, Zeitungen oder dergleichen vertieft. Wieder Andere hatten einen Coffee-To-Go Becher in der Hand oder rannten in größter Eile vorbei, um ihren Zug zu bekommen oder - um welche Verabredung sie auch immer versäumt hatten - doch nicht ganz zu verpassen.

Dann fiel Ryan auf, wie ein großer, weißhaariger Mann von der anderen Straßenseite auf die Detektei zusteuerte. Es war Matthew White. Der Anblick seines guten Freundes ließ Ryan gleich viel wacher werden. Er richtete sich in seinem Sessel auf und legte seinen Stift beiseite.

Es dauerte auch keine zwei Minuten mehr, als Matthew die Detektei Ashford betrat. Er grinste breit und begrüßte Ryan.

»Na, du alter Sack? Immer kommst du dann, wenn ich gerade etwas arbeiten will«, antwortete Ryan. »Willst du wieder einen Kaffee auf meine Kosten?«

»Hätte nichts gegen. Du und Papierkram, ist ja ganz was neues.«

»War ja klar, alter Halsabschneider.«

Ryan erhob sich aus seinem Stuhl und ging in eine Ecke in das Wartezimmer, in der eine Kaffeemaschine stand und lies zwei Kaffee durchlaufen. Darauf setzten sich die Beiden an den Rundtisch vor dem großen Fenster der Detektei.

»Na, was führt dich denn in die Gegend?«, fragte Ryan Matthew.

»Ich schreibe gerade über die häufigen Taschendiebstähle in dieser Gegend hier«, antwortete er und warf dabei ein paar Zuckerstücke in seinen Kaffee.

Ryan lachte spöttisch: »Da bist du aber an der falschen Adresse bei mir. Raymond ist der, der sich darum gerade kümmert.«

»Ach ja?« fragte Matthew.

»Aye. So eine alte Lady hatte wohl Angst um die riesigen Klunker in ihrer Handtasche und marschierte schnurstracks bei uns ein. Ich dachte, dass es langsam mal an der Zeit ist, Raymond seine eigenen Fälle alleine bearbeiten zu lassen.«

»Und dann gleich so eine große Nummer? Warum nicht so was einfaches wie eine betrogene Ehefrau?«

»Naja, weißt du, irgendwann muss er ja auch mal die harten Brocken kennen lernen und nicht immer nur diesen Kleinscheiß«, lachte Ryan.

»Aha. Und wie schlägt sich dein kleiner Schützling so?«

Matthew bedachte Ryan mit einer gewissen Neugier und Skepsis zugleich. »Erstaunlich gut, muss ich zugeben. Ich hätte so einen schnellen Fortschritt gar nicht erwartet«, sagte Ryan.

Matthew nickte, sagte aber nichts.

Ryan fuhr fort: »Richtiges Naturtalent, wie ich es schon von ihm als kleiner Junge kannte. Hat ein wahrliches Gespür für die Dinge, die nicht in Ordnung sind. Seit zwei Tagen besteht der Fall und Raymond hat die Liste der Verdächtigen auf zehn Personen reduziert.«

Matthew pfiff anerkennend: »Also ist zu erwarten, dass die Taschendiebstähle bald Geschichte sind?«

Ryan nickte: »Raymond überprüft gerade seinen persönlichen Hauptverdächtigen. Einen gewissen Jacob Reece.«

»Reece? Der Name sagt mir sogar was. Katharina, meine Auszubildende, hat den Namen mal erwähnt. War aber glaub ich nicht Jacob«, überlegte Matthew.

»So?« merkte Ryan an. Er nahm einen kräftigen Schluck von seinem Kaffee und leerte dabei die halbe Tasse.

»Ja, aber ich glaube, das tut nichts zur Sache. Immerhin gibt es in Haven ein dutzend Leute, die Reece heißen. Außerdem war sein Name glaube ich Steven oder Stanley«, winkte Matthew ab. Er war nicht so schnell im Kaffee trinken und zudem lauschte er genau den Worten von Ryan, denn dieser erzählte ihm gerade seine nächste Titelstory.

»Da hast du vermutlich recht, Matthew«, sagte Ryan »Aber wie auch immer. Es ist nur eine Frage der Zeit, bis Raymond den Täter hat. Er ist und bleibt nun mal ein Genie für sich.«

Auffahrt zur Eastern Uproad No. 128
Dienstag, den 04.05.2010
17:41 Uhr

Das Wetter schien sich unterdessen wieder etwas aufzuklären. Es wurde sogar noch einmal richtig warm für diese Uhrzeit.

Raymond Ashford lief so schnell er konnte in Richtung Eastern Road. Trotzdem war er weit hinter der von Spencer erwarteten und unmöglich zu erreichenden Zeit.

Und natürlich war eben dieser schon vor Ort und das nicht erst seit fünf Minuten.

»Wo waren Sie nur solange?« fragte Spencer ärgerlich.

»Ich war so schnell es nur irgendwie ging«, antwortete Raymond.

Spencer gab zur Antwort ein Grunzen von sich.

Um das Thema wieder auf den eigentlichen Umstand zu lenken, frage Raymond: »Um wen handelt es sich diesmal?«

Robert Spencer trat einen Schritt zur Seite, so dass Raymond erstmals den toten Körper, der an eine Wand lehnte, sehen konnte.

Er war groß, mit bleichen Gesicht und kurzen, schwarzen Haaren. Wie er so da lag, strahlte er etwas verletzliches aus. Daneben lag, bisher von der Polizei unberührt, die gleiche Spritze, wie bei den anderen beiden Opfern.

Etwas abseits der Szenerie stand ein Mann, der dem dort am Boden liegenden, sehr ähnlich sah, jedoch weitaus korpulenter.

»Unser Opfer hier heißt Leon Cudney«, erklärte Spencer.

»Aha. Und wissen wir schon näheres?«

»Nein, Ich warte noch auf die Spurensicherung. Solange hatte ich vor, den Zeugen hier zu vernehmen.«

»Es gab einen Zeugen?« sagte Raymond und klang dabei verwundert.

»Ja«, erklärte Spencer knapp und deutete mit dem Daumen auf den Mann, der neben der Leiche stand. »Das hier ist Mr. James Peter Cudney. Der Bruder des Opfers.«

Raymond nahm den Mann nun genauer unter die Lupe. Er sah dem Opfer durchaus ähnlich. Allerdings waren James Peters Haare fettiger und nicht so dünn wie die von Leon. Aber ansonsten sahen sie sich doch ähnlich.

Nur war Raymond sich nicht sicher, was er von dem Ausdruck in dem Gesicht des lebenden Bruders halten sollte. Es zeigte sich kaum eine Bewegung darin.

Offenbar bemerkte der Mann, dass er von Raymond Ashford und Robert Spencer beobachtet wurde, denn er ging nun auf die beiden zu.

Er streckte Raymond seine Hand entgegen und sprach: »Gestatten, mein Name ist James Peter Cudney, früherer Inhaber von Haven Art and Weapon Restaurations«

Raymond konnte kaum die Eitelkeit und zugleich den schmierigen Tonfall in seiner Stimme überhören.

Das klang etwas merkwürdig für jemanden, der gerade seinen Bruder verloren hatte.

Raymond zögerte einen Moment, bevor er seinen Händedruck erwiderte.

»Angenehm«, entgegnete er, vielleicht eine Spur zu kühl. »Ich bin Raymond Ashford.«

»Tatsächlich? Ihr Name ist mir geläufig. Sie haben doch diese Detektei in der Harper Road, oder?«, fragte Cudney.

»Ja, das stimmt«, antwortete Raymond. Spencer warf ihm einen verächtlichen Blick zu.

»Man sagt viel Gutes über Sie. Ich hoffe, Sie finden den Mörder meines Bruders.«

Cudney sagte zwar diese Worte, aber Raymond nahm keine Trauer dahinter wahr. Das kam ihm merkwürdig vor.

»Sie verspüren offensichtlich keine Trauer«, stellte Raymond fest.

»Ja, das stimmt. Sie haben mich erwischt«, meinte Cudney. »Es ist mir unmöglich, Gefühle wie Hass, Liebe oder Trauer zu verspüren.«

Raymond warf ihm einen langen Blick zu, ehe er sagte: »Na gut, ich nehme an, Sie haben dafür eine ärztliche Bestätigung?«

»Aber sicher«, sagte Cudney. »Ich weiß Sie versuchen, nur alle Optionen durchzugehen und meine offensichtliche Reaktion mag für Sie ungewohnt sein. Was ich habe, ist eine Form der Alexithymie, auch Gefühls- blindheit gennant.«

»Ich verstehe«, meinte Raymond leicht sarkastisch, was Cudney allerdings entging.

»Mr. Ashford, ich glaube das reicht«, unterbrach Spencer dieses Verhör. »Wir werden das Prüfen.«

Das Wort »prüfen« brachte Raymond auf eine glänzende Idee.

»Entschuldigen Sie beide mich für einen Augenblick?« fragte er in die Runde.

»Nur zu.« sagte Cudney, noch ehe Spencer irgendetwas dazu sagen konnte.

Allerdings sah er noch immer verärgert aus. Aber das störte Raymond kaum.

Er ging um die Ecke und stellte sich abseits des ganzen Geschehens.

Robert Spencer stellte selbst nun einige Fragen an James Peter Cudney.

Abseits der Auffahrt E. Uproad No. 128
Dienstag, den 04.05.2010
18:00 Uhr

Der größte Teil des Feierabendverkehrs war schon vorbeigezogen und die Straßen waren im Allgemeinen eher ruhiger in dieser Gegend.

Raymond Ashford lies die beiden, sich noch immer unterhaltenden, Männer am Tatort zurück und holte stattdessen sein eigenes Mobiltelefon zum Vorschein, um Kate damit anzurufen.

Sie nahm den Anruf dann schließlich nach mehrfachem Läuten entgegen:

»Hallo? Was ist los? Ich habe gerade sehr wenig Zeit. Führe ein Interview.«

»Ich wollte dich Fragen, ob du bereits was herausgefunden hast?«, entgegnete Raymond.

»Ich arbeite dran«, sagte Kate knapp. Raymond erklärte: »Hör zu, ich habe hier den Namen eines weiteren Opfers. Sein Name ist Leon Cudney. Überprüfe auch mal dessen Bruder, James Peter Cudney. Ich habe da so ein Gefühl…«

»Das riecht ja nach deinem altvertrauten Spürsinn, Ray.« Sie lachte, klang dabei aber leicht manisch wenn nicht sogar hysterisch. »Na gut, ich werde schauen was sich machen lässt, also die Namen waren Leon sowie James Peter Cudney. Gut, du hörst dann später von mir. Mach's gut!«

»Du auch«, sagte Raymond und legte auf.

Raymond steckte sein Handy wieder ein und kehrte zu den anderen beiden zurück.

CLAB, Industriegebiet
Dienstag, den 04.05.2010
17:30 Uhr

Keine Stunde nachdem Raymond Ashford und Katharina May ihr erstes Gespräch seit über einem Jahr geführt hatten, begab diese sich sofort in das CLAB. Für sie, dass wusste auch Raymond, war die erste Anlaufstelle für die beiden bisherigen Opfer die gemeinsame Arbeitsstelle.

Die Polizei würde nie, zumindest ohne konkreten Verdacht, eine so bedeutsame Firma in Haven wie CLAB inspizieren, zumindest solange es kein Mord wäre. Und Mord lag ja auch von offizieller Seite nicht vor.

Jedoch konnte Kate, nachdem sie einige ihrer guten alten und treuen Kontakte aufleben lies, einen Termin mit Dr. Roberts, Leitung des Laboratoriums, zu einem spontanen Interview bewegen.

Deswegen saß sie nun in dem Warteraum, bis Dr. Roberts bereit war, sein scheinbares Interview mit Katharina May zu führen, um Morgen früh im Haven News Paper mit Begeisterung darüber zu lesen.

Kate musste auch nicht lange warten, ehe Dr. Roberts aus seinem Büro herauskam um Ms May mit einem freundlichem Lächeln zu empfangen. Sie schüttelte seine Hand, stand auf und folgte ihm in sein Büro.

Es war groß, einladend und mit viel Licht durchflutet. An einem Ende stand ein alter Eichenschreibtisch, der aber nicht fehl am Platz wirkte.

Darüber hing ein Bild mit zwei alten Segelschiffen, was den ganzen Eindruck des Büros abrundete.

»Setzen Sie sich doch, Ms May«, sagte Dr. Roberts freundlich. »Möchten Sie etwas zu trinken?«

»Gerne«, sagte Kate und lächelte ihrerseits.

Sie wusste, dass man Menschen am ehesten zu den gewünschten Antworten bringen konnte, wenn diese sich Wohl und komfortabel fühlten.

Dr. Roberts ging zu einer Schrankkabine und nahm daraus eine Flasche Whiskey, ebenso zwei Gläser. Er goss beiden einen großzügigen Schluck ein, ehe er die Gläser auf den Tisch stellte. Kate bedankte sich.

»Also, Ms. May«, begann er.

»Katharina ist gut«, unterbrach Kate ihn.

»Also gut, Katharina«, fuhr er fort. »Dann wollen wir mal beginnen.«

Jetzt kam der heikle Punkt, den Kate immer sehr genau abwegen musste.

Einerseits brauchte sie dringend Informationen, anderseits konnte ein falsches Wort oder Satz das ganze Gespräch beenden und die wertvollen Informationen blieben dann wie in einem Tresor eingeschlossen.

Aber durch ihre jahrelange Erfahrung als Journalistin sowie die Tatsache, dass sie vieles von ihrem Mentor Matthew White gelernt hatte, ermöglichte es ihr, solche Situationen mit Bravour zu meistern. Genau deshalb hatte sie auch als Enthüllungsjournalistin solchen bahnbrechenden Erfolg gehabt.

»Nun dann«, sagte Kate. »Unser Thema für die morgige Ausgabe lautet Berufsklima, leider musste unser bereits festgelegter Interview-Partner aus gesundheitlichen Gründen seinen Termin kurzfristig absagen. Er war sowieso nicht geeignet, wenn er es nicht einmal gebacken bekommt, sie über den Termin zu Informieren. Vielen Dank nochmal an der Stelle, für Ihre spontane

140

Bereitschaft! Sie retten uns sozusagen die Morgenausgabe.«

Dr. Roberts winkte geschmeichelt mit einem Lächeln ab. Er hatte angebissen, also konnte Kate fortfahren:

»Das bringt mich zu meiner ersten Frage: Wie ist Ihr Verhältnis zu Ihren Mitarbeitern? Gehören Sie zu der zurückhaltenden Sorte, oder...?«

Der angedeutete, jedoch nicht vollendete Satz zwang die meisten Menschen im Unterbewusstsein, den Satz zu vollenden und somit hatte Kate Dr. Roberts bereits eine Antwort in den Mund gelegt, ohne das dieser sich dessen bewusst war.

Manipulation und Menschenkenntnis war für einen guten Reporter ebenso wichtig, wie seine Schreibfertigkeiten und die Bereitschaft, genau zuzuhören.

»Nein«, antwortete Dr. Roberts. »Ich gehöre eher zu der Sorte, die sich um seine Mitarbeiter kümmert. Für uns steht ein gutes Arbeitsklima in der Prioritätenliste sehr weit oben.«

Kate lächelte noch immer: »Sehr löblich, gab es schon mal ausschweifende Konflikte mit einem ihrer Angestellten?«

»Etwas gravierendes hatten wir bisher noch nie«, erklärte Dr. Roberts ruhig, denn er fühlte sich bei Katharina auf eine gewisse, eigenartige Art sicher. Sie suggerierte ihm dieses Gefühl.

»Natürlich gab es schon kleinere Auseinandersetzungen, jedoch konnten wir diese immer problemlos lösen.«

»Verstehe. Würden Sie sagen, ihre Mitarbeiter erhalten einen fairen Lohn?«

Kate ging nicht auf die sogenannten »kleinere Auseinandersetzungen« ein, was ihr wieder mehr Spielraum bot, da sich so Dr. Roberts noch sicherer fühlen würde.

Dennoch verspürte sie selbst eine leichte Unruhe, da sie momentan noch nicht wusste, wie sie das Thema auf die von ihr gewünschten Fragen lenken sollte, ohne das Vertrauen zu verspielen oder zumindest alles zu riskieren.

Doch bevor Dr. Roberts ihre Frage beantworten konnte, klingelte plötzlich Kates Handy.

»Sie Entschuldigen? Der Anruf ist wichtig«, fragte sie vorsichtig, nachdem sie Raymonds Nummer auf dem Display las. Aber Dr. Roberts lächelte und winkte mit der Hand ab. Dabei hatte er den Gesichtsausdruck von der »Wir haben noch den ganzen Tag Zeit« Sorte.

Kate stand auf, ging außer Hörweite von Dr. Roberts und beantwortete den Anruf:

»Hallo? Was ist los? Ich habe gerade sehr wenig Zeit. Führe ein Interview.«

Raymond und Kate führten ihr Gespräch und wenig später legte sie auf, noch ehe Raymond viel mehr als »Du auch.« sagen konnte.

Sie wandte sich nun wieder an Dr. Roberts, der spürte, dass sich etwas geändert hatte und sich auf seinem Stuhl nervös aufsetzte.

»Nun hören Sie mir gut zu, denn das ist wichtig«, sagte Kate, nun in einem plötzlich sehr ernsten Tonfall. »Genug mit diesem Versteckspiel, jetzt reden wir mal Klartext. Heute morgen wurde einer Ihrer Mitarbeiter, Dave Ashford, tot aufgefunden, durch eine Überdosis an Drogen. Nicht viel später fand man eine zweite Mitarbeiterin Ihres Laboratoriums, Susan Vault. Und jetzt gerade eben erreichte mich ein weiterer Anruf, aus dem ich erfuhr, dass noch jemand aus ihrem Laboratorium verstorben ist. Sein Name lautet, dass haben Sie ja gehört, Leon Cudney. Natürlich wirkt alles wie ein Selbstmord, dass ist momentan auch die offizielle Version der Polizei, aber wir glauben nicht daran. Wir wollen die Wahrheit. Also entweder schweigen Sie jetzt, ich werde aufstehen und hier rausgehen oder Sie kooperieren mit mir und so hätten ich eventuell eine Chance, mehr zu Erfahren. Entscheiden Sie sich!«

Kate rechnete fest mit einem Schuss ins Leere. Vermutlich wusste Dr. Roberts ohnehin nichts und sie vergeudete hier ihre Zeit.

Dann blickte sie jedoch in Dr. Roberts Gesicht, dessen Ausdruck eine merkwürdige Form des Schweigens angenommen hatte. Er hatte, seit Kate nach dem Telefonat mit ihm geredet hat, geschwiegen und jetzt viel ihr auf, dass sein Gesicht blasser wurde. Nach einem kurzen Moment der Stille, der Kate jedoch vielmehr wie eine kleine Ewigkeit vorkam, sagte Dr. Roberts schließlich mit leiser, fast flüsternder Stimme:

»Versprechen Sie mir, nie etwas davon an die Öffentlichkeit gelangen zu lassen?«

Kate nickte wahrheitsgetreu.

»Und versprechen Sie mir auch, dass Sie alles tun werden, um die oder den Täter dingfest zu machen?«

Sie nickte erneut, schwieg aber noch immer. Dr. Roberts stand auf, sein Gesicht hatte nun eine grimmige Entschlossenheit, ging zu dem Bild mit den zwei Segelschiffen und klappte es zurück. Dahinter war ein weiterer Tresor, ähnlich zu dem im Labor, welcher bereits von Coby leergeräumt wurde. Er öffnete ihn, nahm einen Ordner hervor und warf ihn vor Kate auf den Tisch. Er verschloss den Tresor, nahm sich noch einen, diesmal noch größeren Schluck Whiskey und setzte sich wieder.

»Nehmen Sie den Ordner, lesen Sie ihn gründlich und kehren dann sofort zu mir zurück. Ich möchte derweil allein sein. Und Nachdenken.«

Kate nickte langsam ein drittes Mal, sah noch einmal in Dr. Roberts nun sehr ernstes Gesicht und verließ dann ohne ein weiteres Wort den Raum.

Sie wollte sich in einen der leeren Räume zurückziehen. Noch während des Laufens überflog sie den Ordner und einzelne Dokumente. Ihre Mund klappte bei jeder neuen Seite ein Stück weiter auf. Jetzt, dachte sie, weiß sie alles. Jetzt, jetzt hatte sie ein offensichtliches Motiv für all die Morde von Heute und Gestern.

Für sie war es nun mehr als eindeutig:

Es waren Morde.

CLAB, Industriegebiet
Dienstag, den 04.05.2010
18:10 Uhr

Als Niro um die Ecke in Richtung des Büros von Dr. Roberts spähte, sah er gerade noch das wehende, brünette Haar von Katharina May, als sie um die nächste Ecke abbog. Um sie werde er sich wohl später kümmern müssen, denn im Augenblick gab es wichtigere Dinge zu erledigen.

Seit einigen Tagen hört er jedes eingehende und ausgehende Gespräch von Dr. Roberts Büro und dessen Handy mit.

Und heute erreichte ihn eine beunruhigende Nachricht. Eine Reporterin vom Haven News Paper hätte sich spontan einen Termin für ein Interview geben lassen.

Angeblich lautete das Thema »Klima am Arbeitsplatz«, was Niro aber merkwürdig fand. Er dachte zur Sicherheit wäre es besser, CLAB einen Besuch abzustatten.

Er schlich sich, verkleidet als eine Putzkraft, mühelos durch die Sicherheitskontrollen. Schauspiel und Verkleidungen waren seine Spezialität.

Nach dem er die gelangweilte Security etwa fünf Minuten damit beschwatzt hatte, dass er seinen Ausweis, der ihn als Putzkraft kennzeichnete, vergessen hätte, lies der Mann vom Sicherheitsdienst ihn mürrisch durch.

Durch die platzierte Wanze konnte Niro von der anderen Seite des Büros, sicher in einem verlassenen Korridor, alles mithören. Und wie er befürchtete, war die feine Ms. May alles andere als eine harmlose Reporterin.

Jetzt musste er also beide sofort zum Schweigen bringen, wobei von Dr. Roberts aktuell die größere Gefahr ausging.

Katharina May würde er seinem Boss persönlich liefern, denn er hätte sicher noch ein paar Fragen an sie, ehe er sie töten würde, oder ihm die Drecksarbeit lies.

Ebenso würde er Dr. Roberts in die Mangel nehmen und das wurde garantiert nicht lustig, zumindest für ihn. Niro zog seine 9mm aus seinem Mantel, schraubte einen Schalldämpfer darauf und ging zu der Bürotür. Ruhig blieb er noch einige Minuten davor stehen, ehe er klopfte.

»Ms. May?« Die Stimme von Dr. Roberts von der Innenseite des Büros klang verdutzt. »Haben Sie schon alles gelesen? Na los, kommen Sie herein! Schnell!«

Und Niro öffnete die Tür. Er sah Dr. Roberts, der ihn mit verwirrtem Blick anstarrte.

»Wer sind Sie denn?« fragte er unsicher.

»Ein Mann mit vielen Fragen«, entgegnete Niro ruhig und richtete die Waffe auf ihn.

»Ein falsches Wort und ich werde Sie auf der Stelle töten.«

Dr. Roberts las in Niros Gesicht, dass dieser es ernst meinte. Niro ging vor zu dem Schreibtisch und setzte auf den Stuhl, wo Katharina zuvor gesessen hatte, ohne die Waffe herunterzunehmen.

»Also, Doktor«, begann Niro. »Ich denke, Sie wissen, was das hier ist, oder?«

Niro griff erneut in seine Manteltasche und zog eine aufgezogene Spritze hervor.

»Ist das etwa?« stammelte Dr. Roberts mit brüchiger Stimme.

»Treffer«, sagte Niro kühl. »Aftermath. Aber nicht nur das. Dazu habe ich hier noch ein Nervengift gegeben.

Haben Sie schon mal etwas von dem Südafrikanischen Kreuzringelsalamander gehört?«

Nachdem Dr. Roberts einige Zeit nichts sagte, fuhr er fort. »Dachte ich mir. Der Kreuzringelsalamander ist äußerst selten und auch kaum bekannt. Das Gift dieser Kreatur ist nahezu unbezahlbar. Es lähmt und belastet abwechselnd das Zentrale Nervensystem, führt aber nicht zum Tod. Ich habe das Gift selbst gesammelt.

Man verspürt permanente Todesqualen. Ihre Wirkung hält normalerweise nur etwa fünf Minuten an. Aber mit meiner hübschen Dosis hier könnte ich Sie locker zwei Stunden in die Mangel nehmen. Kleine Kostprobe?«

Niro holte mit der linken Hand, in der er die Spritze hielt, weit aus. Die Nadelspitze bohrte sich in Dr. Roberts Oberarm und Niro spritzte ihm einen kaum merklichen Inhalt in seine Venen.

Zunächst geschah gar nichts. Dr. Roberts schaute gelegentlich verdutzt auf seinen Arm. Und dann begannen die Schmerzen. Schmerzen, die so plötzlich und qualvoll kamen, dass sein ganzer Körper zuckte und sich wand. Dr. Roberts wollte zum Schreien ansetzen, aber Niro reagierte sofort und presste seine Hand auf seinen Mund, so dass die Schreie erstickten.

Nach einigen Minuten verebbten die Schmerzen und Dr. Roberts sank erschöpft in seinen Stuhl zurück.

Niro lächelte kaum merklich und sagte: »So, nun wissen Sie, was sie erwartet, wenn Sie mir keine Antworten liefern. Also, wie viel weiß Ms. May?«

»Ich habe ihr die Zusammenfassung des Projektes gegeben.«

»Ich verstehe. Hat Ms May einen möglichen Partner oder Partnerin erwähnt?«

Dr. Roberts überlegte einen Moment, ehe er keuchend antwortete: »Nein, ich glaube nicht.«

»Falsche Antwort, das war eine Lüge!«, entgegnete Niro und grinste böse. »Ich fürchte, wir müssen den Vorgang nochmal wiederholen. Ms. May sprach immerhin davon, dass »wir nicht daran glauben. Wir wollen die Wahrheit.« Oder etwa nicht?«

Erneut wiederholte Niro seine Folter mit der Spritze, nur diesmal länger.

Als es endlich vorbei war, war Dr. Roberts noch blasser im Gesicht und seine Stimme wurde immer ausdrucksloser und leiser.

»Nein, bitte nicht mehr«, flüsterte er beinahe.

»Gut. Dann beantworten Sie einfach meine letzte Frage. Wer weiß außer Ihrem Team und Ms. May noch von Aftermath?«

»Keiner, ich schwöre!«

»Das ist gut«, sagte Niro, wieder lächelnd. »Zumindest gut für uns. Wissen Sie, was ich vergessen hatte zu erwähnen? Das Gift hier löst in größerer Dosis bei Menschen innerhalb von sieben Minuten einen Herzinfarkt aus. Sie verstehen?«

Die Augen von Dr. Roberts weiteten sich. »Bitte, tun Sie das nicht!« flehte Dr. Roberts.

»Leben Sie wohl, Doktor.«

Niro knebelte Dr. Roberts und hob zum dritten Mal die Spritze an. Er stach sie wieder kräftig in Dr. Roberts Oberarm, wo bereits zwei andere Stichwunden vermerkt waren, jedoch durch sein Hemd nicht sichtbar waren. Niro drückte den ganzen Inhalt in seinen Arm. Dr. Roberts zuckte so heftig, dass er, auch ohne den Knebel, nicht einmal die Luft zum Schreien gehabt hätte. Niro verließ das Büro, ohne sich noch einmal umzudrehen.

Unterdessen starb Dr. Roberts einen minutenlangen und qualvollen Tod.

Auffahrt zur Eastern Uproad No. 128
Dienstag, den 04.05.2010
18:02 Uhr

Robert Spencer und James Peter Cudney waren noch immer im Gespräch, als Raymond zu ihnen zurückkehrte. Aber er hatte den Eindruck, dass Spencer allmählich die Fragen ausgingen.

»Nun gut«, sagte Spencer. »Sie können gehen.«

»Danke«, erwiderte Cudney knapp und ging.

Raymond Ashford und Robert Spencer blicken ihm einen Moment schweigend hinterher.

»Und haben Sie etwas erfahren?« brach Raymond die Stille.

»Mr. Ashford«, begann Spencer. Seinem Tonfall nach zu urteilen stellte sich Raymond auf Ärger ein.

»Sehen Sie, es reicht mir. Sie können verdammt nochmal denken, was Sie wollen, aber für mich ist heute ein scheiß Tag und es soll auch mal vorkommen, dass Menschen durch den Missbrauch von

Drogen sterben. Das habe ich schon öfters drüben in Brighton erlebt.«

»Aber...«

»Nichts aber!« brüllte Spencer. »Ich hatte gerade ein langes Gespräch mit ihrem jüngsten Verdächtigen, Cudney. Und sagen Sie nichts! Ich habe es Ihnen angesehen, ist ja auch nicht schwer, so wie Sie mit zornigen Blicken um sich werfen! Er hat ein wasserdichtes Alibi und seine Gefühlskälte ist ärztlich Belegt. Sie rennen den ganzen Tag durch die Gegend und sehen überall Morde! Und heute drehen Sie echt am Rad! Und das wegen Ihres Cousins. Klar, ich habe dafür Verständnis, aber Sie behindern mich und die Ermitllungen! Also, Sie haben zwei Möglichkeiten: Sie gehen jetzt und kreuzen meinen Weg hoffentlich nie wieder oder ich lasse Sie abführen!«

Raymond funkelte Spencer zornig an, wusste aber, dass dies eine verlorene Schlacht war. Und so ging Raymond, ohne ein weiteres Wort zu sagen.

In der Ferne hörte er Spencer murren. Es klang wie: »Worauf habe ich mich da nur eingelassen.«

Er lief, wie zuvor Cudney, die Auffahrt hinauf und stellte fest, das Cudney weit und breit nirgendwo zu sehen war.

Wahrscheinlich fuhr er mit seinem Auto weg. Raymond bemerkte schon beim Betreten der Eastern Uproad den protzigen Ferrari, der nun nicht mehr da war und nun schloss er daraus, dass dieser Wagen wohl Cundey gehören musste.

Er wunderte sich gerade darüber, wieso dieser es so eilig hatte, als sein Telefon in der Tasche zu klingeln begann. Er nahm den Anruf an und hörte, kaum dass er mehr als »Hallo« sagen konnte, die aufgeregte Stimme von Kate:

»Ray, du wirst kaum glauben, auf was ich hier gestoßen bin!«

Kates Stimme verriet Raymond, dass sie soeben ein entscheidendes Puzzlestück zu diesem Fall gefunden hatte. Er kannte das bereits früher von ihr. Das weckte auch erneut die Hoffnung ihn ihm, doch noch etwas tun zu können.

»Schieß los«, sagte er ohne Umschweife.

»Also«, begann Kate ihre Ausführung. »Alle drei Mitarbeiter von CLAB, Susan Vault, Leon Cudney und Dave Ashford waren gemeinsam an einem Projekt beteiligt. Der Leiter von CLAB, Dr. Roberts hat mir vor kaum zehn Minuten eine Akte gegeben, die das Projekt beschreibt. Das Projekt unterliegt wohl der strengsten Geheimhaltung und offensichtlich wissen auch nur die Beteiligten, die alle tot sind, sowie Dr. Roberts darüber Bescheid, von uns mal abgesehen. Das Projekt beschreibt einen Wirkstoff, mit dem es möglich sein solle, jede Chemikalie um bis zur zehnfachen Wirkung zu steigern.«

Raymond blieb stehen und dachte scharf darüber nach.

Dann sagte er: »Also bedeutet das, man hat einen zehnfach kleineren Aufwand und Verbrauch bei der künftigen Herstellung von Medikamenten.«

»Genau«, sprudelte es aus Kate hervor. »Aber nicht nur das, der Wirkstoff soll wohl bei allen Mitteln funktionieren.«

»Beispielsweise bei Drogen wie Heroin«, bemerkte Raymond mit schwacher Stimme.

»Du hast das Problem erfasst«, meinte Kate trocken. »Das ist aber noch nicht alles.«

»Es gibt noch mehr?«, fragte Raymond.

»Aftermath soll keinerlei Spuren hinterlassen.«, erklärte Kate.

»Aftermath?« fragte Raymond erneut.

»Ja. Das ist der Name des Wirkstoffes. Aftermath.«

»Also ist dieses Aftermath in den falschen Händen eine Art chemische Waffe?«

»Es scheint so.«

»Hör mal, ich zeig dir, was in der Akte drinnen steht, das wichtigste weist du ja jetzt zumindest mal. Gehst du immer noch zu O'Neills?«

»Sicher doch.«

»Gut, dann treffen wir uns schnellstmöglich dort, gib mir aber noch etwas Zeit. Ich werde noch einmal mit Dr. Roberts sprechen.«

»Okay, aber Pass auf, was immer du auch machst. Bisher hat der Täter noch vor gar nichts Halt gemacht. Ich werde mich in der Zwischenzeit über Cudney schlau machen, der hat seine Hände sicher irgendwie im Spiel gehabt«

»Alles klar«, erwiderte sie und legte auf. Aftermath. Dieser Begriff schoss Raymond immer wieder durch den Kopf. Endlich kannte er die Antwort auf seine Fragen.

O'Neill's Pub, Harper Road No. 27
Samstag, den 01.05.2010
22:00 Uhr

Raymond beugte sich über seinen nun Mittlerweile dritten Whiskey. Er lauschte dem Radio, welches gerade irgendeine Blues Nummer spielte, die er aber nicht kannte. Sie stimmte ihn traurig. Denn immerhin war Ryan Ashford, ein großer Blues Fan. Ryan war so etwas wie ein Vater für ihn, obwohl er nie wirklich sein Vater geworden war, sondern sein Onkel.

Als Raymond ein kleiner Junge war, gerade mal zehn Jahre alt, wurden seine Eltern ermordet und bis heute wusste Raymond nicht, von wem und vor allem:

Warum?

Sein Blick streifte wieder durch die Bar.

Die zwei Frauen saßen noch immer an ihren Plätzen und die eine, die ihn vorhin angesprochen hatte, riskierte gelegentlich noch immer verstohlene Blicke auf ihn.

Aber er beachtete sie kaum. Seine Gedanken drehten sich um seine zwei ihm verbleibenden Familienmitglieder.

Ryan Ashford und dessen Sohn: Dave. Eine Mutter gab es nicht. Sie brannte eines Tages, samt ihrem Liebhaber, irgendeinem Latino, nach Amerika durch.

Aber das spielte keine Rolle, da die Beziehung der Mutter und Ryan ohnehin so gut wie zu Ende war. Und das ganze wurde zudem durch den Mord von Raymonds Eltern, Kyle und Magret Ashford, verdrängt, welcher kaum eine Woche später passierte. Ryan erklärte sich sofort bereit, Raymond bei sich aufzunehmen.

Er adoptierte ihn und zog ihn groß wie seinen eigenen Sohn. Und auch Raymond liebte ihn.

Und er liebte Dave, nicht bloß wie einen Cousin, sondern wie einen kleinen Bruder. Dave war jünger als er. Schon in der Schule zeigte sich, dass Dave körperlich von eher schwacher Natur war, dafür aber ein Schnelldenker. Nichts destotrotz handelte er sich aufgrund seines schon immer etwas losen Mundwerkes Ärger mit einigen älteren Schülern ein. Aber in solchen Momenten war Raymond dann zur Stelle und klärte das Problem.

Manchmal friedlich, meistens jedoch nicht. Einer dieser »meistens nicht« Situationen war, als Dave einen Klassenkameraden, der als sehr verhaltensauffällig galt und Jahre später von Raymond wegen Raubmord überführt wurde, nicht abschreiben lassen wollte und dieser ihn im Gegenzug verschlagen wollte. Danach landete der besagte Klassenkamerad in einem Krankenhaus mit zwei Schneidezähnen weniger und Raymond vor dem Schulleiter. Aber Dave blieb unversehrt und nur das zählte für ihn. Jahre später entwickelte Dave noch eine andere, für ihn wichtige Eigenschaft: Charme.

Raymond sah zwar neidisch zu, wie er mühelos das ein oder andere Mädchen an flirtete, war aber nie wirklich eifersüchtig. Manchmal war diese Eigenschaft sogar nützlich, wenn Ryan oder Raymond Informationen von jungen Damen brauchten.

Das war eine der früheren Anlässe, in denen sich Dave an der Detektei beteiligte.

Ryan war für Raymond ein so guter Vater, wie er nur sein konnte. Und das bedeutete wirklich Einiges.

Getrieben durch seinen Willen, Ermittler zu werden, lehrte Ryan ihm alle Techniken und Kniffe, die er selbst beherrschte.

Er war auch der erste, der Raymonds ausgeprägten, fast raubtierhaften, Spürsinn entdeckte und förderte.

Dies tat er insbesondere durch kleine Spiele in Raymonds Kindheit. So versteckte Ryan einen gefüllten Wassereimer über einer Türkante und testete, ob der kleine Raymond einfach durchlaufen würde und so der Eimer auf seinem Kopf landen würde, oder ob er die Anzeichen, wie eine angelehnte Tür, die sonst immer geschlossen oder ganz offen ist, bemerke würde.

Und Raymond merkte es immer.

Nur eine Eigenschaft hatte Ryan ihm wirklich weit voraus. Er benutzte, um möglichst viele verschiedene Situationen durchzuspielen das luzide träumen, also Klarträumen.

Nach einem einstündigen Mittagsschlaf stand Ryan oft in der Türschwelle und hatte die Lösung für einen Fall parat. Diese Fähigkeit besaß Raymond nicht und würde sie auch nie lernen. Beide arbeiteten viele Jahre gemeinsam in Ryans Detektei.

Aber Raymond spürte, dass Ryan etwas beschäftigte fast permanent beschäftigte. Auch wenn sie nie ausführlich über den Tod seiner Eltern gesprochen hatten, belastete auch Ryan dieser Verlust.

Kyle Ashford war schließlich sein Bruder gewesen. Raymond hatte manchmal das Gefühl, als würde er heimlich seine ganz eigenen Nachforschungen anstellen.

Alles verlief so gut in seiner neu gewonnen Familie. Doch eines Tages dann, war Ryan Ashford plötzlich fort. Von einem Tag auf den Nächsten spurlos verschwunden. Er hinterließ nur ein Dokument, was Raymond zum alleinigen Leiter und Besitzer der Detektei Ashford machte. Aber es stand kein alter Mini Checkmate mehr vor der Fensterscheibe. Und kein Ryan würde mehr von seinem Mittagsschlaf zurückkommen und bahnbrechende Ideen liefern oder gelangweilt über seinem Papierkram sitzen.

Und nun war Raymond auf sich alleine gestellt.

Ganz alleine.

Kapitel 3

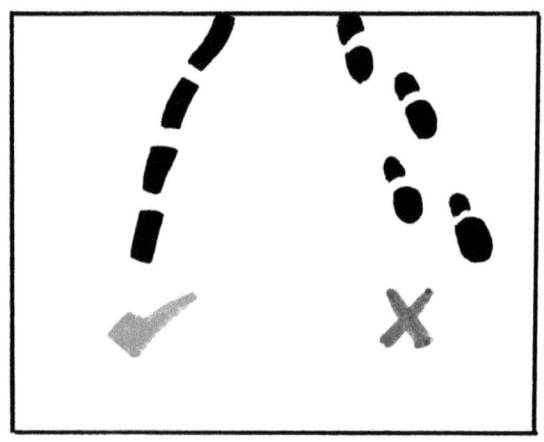

Falsche Schlussfolgerungen

CLAB, Industriegebiet
Dienstag, den 04.05.2010
18:40 Uhr

Katharina May verstaute hastig ihr Handy in ihrer Tasche und sammelte schnell alle herumliegenden Blätter ein und fügte sie wieder dem Ordner bei.

Jetzt würde sie auf schnellstem Wege zurück zu Dr. Roberts gehen und ihre offenen Fragen zu Aftermath stellen, um sich dann mit Raymond zu treffen. Sie hatte es einfach im Gefühl, jetzt alles zu wissen, alle Verbindungen zu kennen.

Dieser euphorische Gedanke nahm fast ihre komplette Aufmerksamkeit ein, was sich als fataler Fehler herausstellen sollte.

Sie hätte ihrem Umfeld mehr Aufmerksamkeit widmen sollen, denn dann hätte sie die kleinen Monitore in der Ecke gesehen und somit auch das, was sich gerade in Dr. Roberts Büro abspielte. Katharina zog sich in den erstbesten Raum zurück, ohne diesem weiter Beachtung zu schenken.

In der Mitte stand ein Tisch mit Stühlen, auf dem sie sich ausgebreitet hatte, mehrere Gebäudepläne von CLAB sowie den Monitoren in der Ecke. Sie war in einem der insgesamt drei Sicherheitsräume.

Das Gebäude ist Überwacht, mit Ausnahme des hinteren Teiles des Hauptgebäudes, da dieses ohnehin kaum genutzt wurde.

Wären dort Kameras gewesen, hätte es Coby einige Tage zuvor weitaus schwieriger gehabt. Der Sicherheitsmann, der eigentlich hier sein sollte, lag bewusstlos und gefesselt zwei Räume weiter in der Putzkammer, dafür hatte Niro zuvor schon gesorgt.

Katharina verließ den Raum und lief zur Tür. Sie klopfte.

Aber niemand antwortete. Sie versuchte die Tür zu öffnen, aber sie rührte sich kein Stück. Und plötzlich spürte Kate, dass etwas nicht in Ordnung war. Sie wusste es einfach.

Gerade noch rechtzeitig drehte sie sich um. Einen Moment später und Niro hätte sie gepackt. So aber konnte sie noch reagieren und schnell weg hechten. Niro zögerte ebenfalls nicht und nahm sofort die Verfolgung auf.

Schnell richtete sich Kate auf und rannte mit all ihrer Kraft den Gang entlang. Und sie war schnell. Sie ließ Niro immer weiter hinter sich zurück. Katharina versuchte, einige der Türen in dem schier endlos langen Gang zu öffnen, blieb aber ohne Erfolg, denn sie waren alle verschlossen.

Hinter sich hörte sie noch immer die schweren Schritte von Niro, der nun wieder aufholte. Sie rannte weiter, aber langsam verließen sie ihre Kräfte.

Aber dann atmete sie erleichtert auf. Vor ihr lief ein Mann, der eine Jacke mit der Aufschrift »Security« trug.

»Sie müssen mir helfen!« schrie sie den Mann an. »Jemand verfolgt mich!«

Der Mann reagierte sofort und zog seine Waffe. »Kommen Sie neben mich, Lady!«

Kate tat wie ihr geheißen und beide warteten angespannt einige Sekunden bis Niro sie einholte. Als Niro dann da war, kam er schlitternd vor den beiden zum stehen. »Halt!« rief der Mann des Sicherheitspersonals. Niro lächelte.

Er lächelte tatsächlich. Und in Kates Gesicht breitete sich Entsetzen aus, als sie sah, dass auch der Mann von den Sicherheitskräften lächelte. Er richtete seine Waffe nun auf Kate, anstatt auf Niro.

»Danke Coby«, sagte Niro noch immer lächelnd.

»Keine Ursache, Brüderchen!« entgegnete Coby.

»So, Ms May. Wie Sie sich sicher denken können, haben wir da ein paar Fragen, die wir aber nicht hier klären werden«, sagte Niro an Katharina gewandt.

Er nahm ein Tuch aus seiner Tasche und presste es Kate fest ins Gesicht. Er drückte so fest, dass sie nicht mehr schreien oder sich befreien konnte. Und dann, langsam, wurde ihr schwarz vor Augen.

Die Akte über Aftermath fiel zu Boden und alle losen Papiere verteilten sich im Flur. Aber sie hörte immer noch die beiden Männer lachen.

Dann sank sie zu Boden. Niro zog ein kleines Gefäß mit Benzin aus seiner Tasche und kippte den Inhalt auf die Blätter. Coby fesselte unterdessen Katharina, schulterte sie und trug sie zu einem weiteren Putzwagen, der weiter hinten im Gang parkte.

Der Müllbehälter war etwas größer als üblich, undurchsichtig und von innen verstärkt. Er legte sie dort hinein und plazierte einige Zeitungen über ihr. Niro kam dazu, nahm den Wagen und spazierte damit seelenruhig Richtung Hinterausgang, wo ein schwarzer Van parkte.

Coby wartete einige Zeit, bis Niro genug Vorsprung hatte, nahm dann ein Streichholz, zündete es an und warf es auf die Dokumente. Sie fingen sofort Feuer und Coby rannte ebenfalls, bevor der Feueralarm losging.

Das richtige Sicherheitspersonal war so abgelenkt von dem Feuer, dass niemand mehr auf den schwarzen Van achtete, der nun mit Vollgas von dem Gelände des Laboratoriums raste.

Versteck am Rande des Industriebezirks
Samstag, den 01.05.2010
19:17 Uhr

Abseits der Patten Road, die Straße die direkt in den Industriebezirk führt, gab es einige verzweigte Gassen und eine Menge, vorwiegend kleinerer, Lagerhallen.

In einer dieser unzähligen Lagerhallen lebten auch die Gebrüder Niro, Coby und Ricky, wobei Ricky dank Raymond Ashford im Gefängnis saß.

Einer der zwei anderen Brüder, Niro, schlich sich unauffällig auf dem Bordstein der Patten Road herum und warf verstohlene Blicke auf die Straße. Aber weit und breit war niemand zu sehen.

Deshalb machte er sich auch auf den Weg zu dem kleinen Unterschlupf. Er klopfte zweimal an die Tür, Pause und dann noch einmal. Anschließend schlüpfte er durch die Tür neben dem Rolltor.

Drinnen saß Coby gerade vor einer Reihe von Werkzeugen. Daneben lag eine offene Tasche. Er legte gerade einen Schraubenzieher hinein. Die Halle war innen sehr geräumig.

In einer Ecke war eine provisorische Küche aufgebaut. In der Mitte ein Tisch mit drei Stühlen, an dem Coby seine Utensilien ausgebreitet hatte. In einer weiteren Ecke stand ein schwarzer Van und in der anderen waren drei Betten sowie ein Fernseher aufgebaut. Zudem gab es, bei Bedarf, eine Heizung.

»Na, aufgeregt, kleiner Bruder?« fragte Niro.

»Ein wenig«, antwortete Coby und legte ein Brecheisen beiseite.

»Mich macht es wahnsinnig, dass die ID-Karte noch nicht da ist.«

»Ah, ja«, sagte Niro, griff in seine Tasche und holte die kleine Karte hervor. »Da hast du sie, der Boss hat sie heute mitgebracht.«

»Warum darfst eigentlich nur du mit ihm reden und wie heißt er verdammt nochmal?«

Niro setzte sich und begann geduldig, wie einem kleinen Kind alles zu erklären.

»Du weißt, wir brauchen das Geld, das wir für diesen Job bekommen. Aber ich will dich nicht in Gefahr bringen. Der Boss weiß nichts von dir und das ist auch gut so, wenn mir etwas passiert, weiß ich wenigstens, dass du nicht in Gefahr bist! Und was es seinen Namen angeht hab ich dir oft genug erklärt, dass in der Branche niemals Namen fallen. Er erteilt einen Auftrag, wir werden bezahlt, also ist er der Boss. Punkt aus.«

Coby sagte nichts und die beiden schwiegen. Schließlich brach er dann aber doch die Stille: »Ist er wenigstens ein guter Boss?«

»Naja, mir kommt er ein wenig wie eine lahme Pfeife vor, aber was soll's!«

Die beiden begannen zu lachen.

»Willst du ein Bier?« fragte Niro. Coby nickte und Niro ging zu dem kleinen Kühlschrank, der in einer Ecke der Halle stand und holte zwei Dosenbiere hervor.

Sie öffneten sie, stießen an und tranken. Eine Weile lang plauderten sie über alle möglichen Dinge. Sie planten sogar, wie sie Ricky aus dem Knast holen können, aber das wäre zu riskant, da er eh bald wieder freikommen würde.

Einige Bestechungsgelder würden da wohl wahre Wunder wirken. Zumal ein Einbruch lange nicht so schlimm war, wie viele Taten, die auf Niros Konto gingen.

»Besser, du legst dich aufs Ohr«, schlug Niro irgendwann später vor.

Sie hatten völlig die Zeit vergessen und es war mittlerweile bereits nach Mitternacht. Coby hatte dazwischen immer wieder über seinem Zeug gebrütet und entschieden, was er für den Einbruch ins CLAB morgen brauchen würde.

Schließlich hatte er dann alles beisammen und schloss seine Brusttasche. Sie hatten unterdessen ein paar Biere mehr gekippt. Coby nickte und torkelte leicht angetrunken Richtung Bett.

»Gute Nacht«, rief er Niro zu.

»Nacht«, erwiderte dieser. Kurze Zeit danach gab er schon die ersten Schnarchgeräusche von sich. Er saß noch da und hing seinen eigenen Gedanken nach.

Diese Tage waren wie dafür gemacht, oder? Aber er war optimistisch und lächelte, denn bald würden sie wirklich reich sein, wenn der Auftrag funktioniert.

Dann endlich waren sie alle drei wieder friedlich und sorglos vereint. Sie müssten nicht mehr auf einen Vater angewiesen sein, der nicht mehr da war.

Sie müssten keine krumme Dinger drehen, um Essen und Trinken zu haben. Und vor allem könnte Niro seinen beiden Brüdern ein besseres Leben ermöglichen.

Aber bis dahin wartete noch Arbeit auf Niro und leider auch auf seinen geliebten, kleinen Bruder Coby.

Niro kippte den letzten Rest seines Bieres hinunter und schlief kurz danach auf seinem Stuhl ein.

Auf den Straßen, Innenstadt von Haven
Dienstag, den 04.05.2010
19:27 Uhr

Allmählich verdunkelte sich der Himmel über Haven und kündigte die ersten Anzeichen einer warmen und klaren Nacht an.

Raymond Ashford machte sich auf den Weg in Richtung Detektei und dann weiter zu O'Neills Pub, welches um die Ecke lag.

Er war zu Fuß unterwegs, denn er hatte weder ein Auto, noch einen Führerschein und er brauchte dies auch nicht. Früher fuhr Ryan. Aber sein Auto, ein alter Mini Checkmate Baujahr 1990, war mitsamt ihm letztes Jahr ohne jede Spur verschwunden. Raymond lief auf der Upper Main Road über die Harper Road und unterwegs machte er sich Gedanken zu den heutigen Ereignissen.

Er wusste jetzt, was Aftermath war und er hatte auch schon seinen Verdächtigen im Visier: James Peter Cudney.

Dieser Gedanke versetzte ihn in eine solche grimmige Euphorie, dass er sich vornahm, Cudney noch heute zu Überführen.

Aber er brauchte vor allem eines: Beweise.
Eine Verbindung war jedenfalls da: Cudney
konnte durch seinen Bruder, Leon, an die
Information über Aftermath gekommen
sein. Damit hätte er zumindest einen Weg.

Und das Motiv? Vielmehr stellt sich hier
die Frage, wer hätte keines? Die Formel für
Aftermath muss einen schier unbezahlbaren
Wert haben.

Raymond erreichte gerade die Detektei, als
sein Telefon klingelte. Er zog es aus seiner
Tasche und schaute die Nummer auf dem
Display nach, denn er wollte jetzt mit
niemanden außer Kate reden.

Und tatsächlich war es auch ihre Nummer.
Er nahm ab.

»Kate?« fragte er erwartungsvoll.

Aber alles was Raymond hörte, war ein
brummen eines Motors. Vielleicht saß Kate
gerade in einem Taxi.

»Hallo?« fragte er deshalb noch einmal.

»Mr. Ashford«, erklang eine tiefe Stimme
am anderen Ende der Leitung, die ganz und
gar nicht nach Kate klang. »Wie ich höre,
wissen Sie bereits eine ganze Menge über
Aftermath?«

»Wer sind Sie? Und wer hat Ihnen das gesagt?« fragte Raymond mit aufflackerndem Unbehagen.

Der Mann am anderen Ende der Leitung lachte. »Mein Name tut hier nichts zur Sache. Alles andere weiß ich übrigens von Ms. May selbst.«

»Was haben Sie getan? Antworten Sie verdammt nochmal!«

»Sagen Sie«, begann der Mann ruhig. »Kennen Sie die alte Parkgarage nahe der Lower Main Road?«

Die kannte Raymond. Vor Jahren hatte er dort einen Täter überführt, der einen Raubmord begangen hatte.

Es war ein ehemaliger Klassenkamerad von Dave Ashford.

Zudem war es Raymonds erster, eigener Mordfall gewesen. So etwas bleibt einem immer in Erinnerung.

»Ja, wieso?« erwiderte Raymond kühl.

Er war wütend und wollte den Mann am Apparat am liebsten anschreien. Aber wenn er ihn am Telefon halten konnte, bekam er vielleicht hilfreiche Informationen.

Außerdem durfte er nicht zeigen, dass er nervös war. Das macht ihn angreifbarer. Sein Herz pochte wie wild.

»Wenn Sie Ms. May wieder lebend sehen wollen, dann kommen Sie dort hin, in der unteren Einfahrt. Sie haben genau zwanzig Minuten.«

»Ich will ein Lebenszeichen von Kate!« befahl Raymond.

»Wie Sie wollen«, sagte der Mann und Raymond hörte, wie das Telefon jemanden ans Ohr gehalten wurde. Kate sprach mit ängstlicher und schriller Stimme:

»Das ist eine Falle! Komm nicht her…«

Es gab einen dumpfen Schlag und der Mann nahm das Telefon wieder in die Hand und sagte: »Zwanzig Minuten, Mr. Ashford. Zwanzig.«

Dann legte er auf und Raymond hörte nur noch ein Tuten. Es schien die Sekunden zu zählen, die Raymond noch blieben. Neunzehn Minuten und neunundfünfzig Sekunden, achtundfünfzig, …

»So eine verdammte Scheiße!« fluchte Raymond lautstark.

Dann setzte er sich in Bewegung. Er rannte, so schnell er konnte, zurück auf die

Upper Main Road. Bei der Geschwindigkeit würde er auch die vollen zwanzig Minuten brauchen, um zur Garage zu kommen. Aber er war sich jetzt auch sicher, Cudney dran zu kriegen. Aftermath zu beweisen war eine Sache, aber eine Entführung war ein ganz anderes Kaliber. Und den Rest würde er schon aus ihm rausbekommen.

Einen Moment lang hatte er sogar eine Szene im Kopf, wie er vor Spencer sitzen würde und ihm erklären müsste, warum Cudney zwei Zähne weniger hätte, so wie er es damals bei dem Schulleiter hatte tun müssen. Darüber musste er, trotz seiner Lage, zumindest innerlich schmunzeln.

Aber das Risiko war es wert. Denn dann hätte er den Schuldigen für den Tod an seinem Cousin, an seinem Bruder.

Die einzige Frage war nun, wer der Mann am Telefon war. Raymond war sich sicher, dass es ein Komplize von Cudney sein musste. Oder jemand ganz anderes?

Wer auch immer es war, er hatte Kate und Raymond musste sie irgendwie da raus holen, egal wie. Ihre Warnung, es sei eine Falle, hin oder her, sie war in Gefahr und er musste sie retten, denn er hatte sich eines ganz fest vorgenommen: Er würde sie nie wieder hängen lassen. Niemals.

Haven Weapon and Art Restorations,
South Square No. 53, Innenstadt
Montag, den 18.01.2010
08:30 Uhr

Der South Square war ein großer Marktplatz in der südöstlichen Innenstadt, nahe der Oberstadt, von Haven. Dort lagen, neben Geschäften und edlen Boutiquen auch einige Firmen und Bürogebäude.

Diese Firmen deckten hauptsächlich alle Arten von gehobenen Dienstleistungen, wie etwa gute Anwälte oder Banken ab. Eine der wohl eher exotischen Einrichtungen war die Firma von James Peter Cudney.

Haven Weapon and Art Restorations, die 1958 von Howard Cudney, James Peters Vater, gegründet wurde.

Nach dessen Ableben im Jahre 2002 war James Peter Cudney alleiniger Erbe des Unternehmens.

Denn natürlich nie offiziellen Gerüchten zufolge habe Howard seinem anderen Sohn, Leon, nie so geliebt wie James. James selbst war schon als kleiner Junge sehr interessiert von all den alten und antiken Waffen und Kunstwerken gewesen, die sein

Vater restauriert hatte. Besonders aber von den Messern. Er lernte den Umgang damit, wie man sie richtig werfen und sogar jonglieren konnte.

Und natürlich auch, wie man sie vernünftig zu pflegen hatte, was seinem Vater besonders gut gefiel. Leon hingegen, der schüchtern und ängstlich war, wollte davon alles nichts wissen. Stattdessen widmete er sich der Beobachtung von der Natur und Tieren, was sein Vater hingegen als vergeudete Zeit betrachtete.

Acht Jahre nach Howards Tod saß James Peter nun in dem Büro seines Vaters oben im zwanzigsten Stock. Er sah jedoch alles andere als gut gelaunt aus.

Mit ausdruckslosem Gesicht studierte er einige der Unterlagen, die vor ihm auf seinem Schreibtisch ausgebreitet dalagen. Es war die Post, die ihm sein Sekretär zukommen lies. Sie enthielt Daten über die aktuelle Marktlage für ein anderes Restaurierungsunternehmen in China.

In den letzten zwei Jahren hatte James darüber nachgedacht, ob er in eine Firma in China investieren sollte, um so seinen Umsatz um eine erhebliche Summe zu bereichern. Das Geschäft war riskant, denn er müsste sein ganzes Firmenkapital und darüber hinaus viele seiner privaten Anlagen hinein investieren.

Jedoch kam er zu dem Schluss, dass das Geschäft problemlos funktionieren würde. Die Lage war gut und es gab keine Konkurrenz. Als er sich dann vor zwei Monaten dazu entschlossen hatte, die Firma in China aufzukaufen, schien auch zunächst alles perfekt zu laufen. Allerdings passierte etwas, dass gegen alle Wahrscheinlichkeit verlief: Ein lokaler Konkurrent, der von der Firma zuvor wegen Aufsässigkeit fristlos entlassen worden war, eröffnete ebenfalls ein Restaurierungsunternehmen, dass mit ra-sender Geschwindigkeit wuchs und drohte, seiner Firma den Hals zu brechen.

Und genau heute war der Tag, an dem das passierte, was James die ganze Zeit schon befürchtet hatte. Das Subunternehmen in China, in das er so leichtsinnig sein ganzes Kapital investiert hatte, meldete heute die Insolvenz an.

Und jetzt hatte Cudney nichts mehr, denn sein eigener Hauptsitz in Haven war durch seine Investition ebenfalls verschuldet.

Seine privaten Ersparnisse würden ebenfalls für die hohe Verschuldung draufgehen und er würde große Mühe haben, sein eigenes Privathaus zu behalten. James Peter hatte alles auf eine Karte gesetzt und verloren.

Diese Erkenntnis traf ihn nun, an diesem Morgen in seinem Büro, das mit größter Wahrscheinlichkeit Morgenfrüh schon einen ganz anderen Besitzer haben würde, mit voller Wucht wie ein Faustschlag ins Gesicht. Er besaß nun nichts mehr und alles was er hatte, was sein Vater in jahrelanger und harter Arbeit mühevoll errichtet hatte, war weg.

Er ging in seinem Büro auf und ab und suchte verzweifelt nach einer Lösung für dieses Dilemma.

Aber es schien aussichtslos. Selbst wenn er seine Firma in China verkaufen würde, würde er lange nicht den Preis erhalten, den er selbst bezahlt hatte. Und sein Firmensitz in Haven warf nicht genug Gewinn ab, um den Verlust auch nur teilweise zu decken. Und ein kompletter Verkauf würde ihn zu einem sehr armen Mann machen.

Also brauchte er eine Idee, um wieder an Kapital zu kommen und so die Firma zu retten, oder zumindest sein Privatvermögen. Er brauchte einen Plan, um an Geld zu kommen.

Café Adria, Python Road No. 1
Dienstag, den 04.05.2010
18:34 Uhr

Robert Spencer hatte für heute nun wirklich ein für alle mal genug. Ein eigentlich freier und gemütlicher Nachmittag verwandelte sich vor seiner Nase in einen harten Arbeitstag mit gleich drei Selbstmorden, ganz egal ob es nun ›beabsichtigt‹ oder ›versehentlich‹ war.

Spencer spielte sogar etwas belustigt mit den Gedanken, ob man an den Schulen von Haven nicht sogar ein verstärktes Drogenpräventionsprogramm durchführen sollte, verwarf den Gedanken aber rasch wieder, denn das würde viel Diskussionen mit Lehrern und Politikern bedeuten. Der Papierkram war für ihn kein Problem, darin war er gut und ordentlich, aber er hasste es, zu lange Diskussionen zu führen. So wie etwa mit diesem Raymond Ashford. Wäre der Tag ohnehin nicht heute schon so nervenaufreibend gewesen, hätte er vielleicht sogar ein wenig mit diskutiert, aber so war er heute sehr stur und kurzsichtig. Vielleicht wollte ein Teil von ihm sich auch einfach nur nicht eingestehen, dass die Vorfälle schon sehr merkwürdig waren. Aber er konnte das heute einfach nicht gebrauchen. Etwas anderes war heute passiert, was seine Aufmerksamkeit einnahm.

Denn heute Morgen hatte er einen Anruf eines alten Freundes aus Brighton bekommen, der ihm berichtete, er hätte die Münze von Karsten Spencer, Roberts Vater, auftreiben können. Die Münze, die Robert seit langer Zeit im Hause seines Vaters gesucht hatte, war ein für ihn sehr kostbares, persönliches Erbstück seines Vaters.

Er liebte seinen Vater, der vor vier Jahren sehr verarmt gestorben war.

Alles an Dingen, die er noch besaß, waren einige Kleidungstücke und Robert wusste noch von dieser Münze. Sie war nicht gerade wertvoll, vielleicht etwa zwanzig Pfund, aber sie würde Robert immer an seinen Vater erinnern. Nachdem er von Brighton nach Haven umgezogen war, hatte er die Hoffnung schon sehr lange aufgegeben.

Aber jetzt, vier Jahre später, rief ein alter und sehr guter Freund, der bei einer Bank in Brighton arbeitete, bei ihm an diesem Morgen an. Der Freund erinnert sich noch sehr genau daran, wie verzweifelt Robert überall gesucht hatte. Und so, viele Jahre später, wusste der Freund, dass er die Lösung immer nahezu vor Augen gehabt hatte:

Karsten Spencer hatte ein Schließfach bei der Bank besessen, dass er sich viele Jahre zuvor zuschreiben lies, legte einmal etwas hinein und dann nutzte er es nie wieder.

Robert wusste nichts davon, ebenso wenig sein Freund, denn Karsten Spencer ließ das Schließfach von einem anderen Mitarbeiter registrieren. Aber durch eine Routinedatenüberprüfung sprang dem Freund der Name Spencer sofort ins Auge.

Er rief gleich Robert an, der sofort nach Brighton fahren wollte, dann kam aber der Anruf vom Department, er solle sofort in die Major Road No. 4 kommen, da eine Leiche gefunden worden war. Und Spencer war gezwungen, seine Fahrt nach Brighton auf Morgennachmittag zu verschieben.

Er war ein wahres Talent, wenn es darum ging, Sachen aus seinem Kopf zu verschieben, wenn andere Dinge anlagen. So konnte er sich den ganzen Tag auf die Fälle konzentrieren und vergaß sogar das Schließfach seines Vaters.

Jedoch war er unterbewusst unruhig und ungeduldig, was ihn heute auch so reizbar machte. Jetzt, wo er einen Moment Zeit hatte, konnte er sich um diese Dinge Gedanken machen. Heute würde es zu spät sein, aber morgen würde er nach Brighton fahren können und dort vielleicht sein lang ersehntes Erbe finden.

Dieser Gedanke tröstete ihn. Allmählich bemerkte er, wohin er eigentlich ging.

Er hatte den Tatort verlassen, lief aber völlig geistesabwesend an seinem Bentley vorbei und steuerte stattdessen auf sein Lieblingscafé, dass gerade mal zwei Straßen von ihm entfernt war, zu.

Er wollte sich nach diesem Tag wenigstens einen vernünftigen Kaffee gönnen.

So erreichte er das Café Adria, um sich einen doppelten Espresso, den brauchte er wirklich, zu bestellen.

Er musste lächeln, als er sah, wer dort außer ihm noch gerade einen Kaffee kaufen wollte. Ein großer und älterer Mann, mit mittellangen, grauen Haaren und einem Spazierstock aus massivem Holz stand vor ihm in der Schlange.

»Albert«, rief Spencer und tippte dem Mann, der ihn nicht bemerkt hatte, auf die Schulter. Der Mann drehte sich um und Spencer blickte direkt in die Augen seines Mentors, Albert Granhill.

Granhill war es, der ihn mit der Arbeitsweise in Haven vertraut gemacht hatte und ihm alles vermittelt hatte, was er wusste.

Robert Spencer mochte ihn sehr.

»Ah, Hallo Robert«, lächelte Albert und gab Spencer die Hand. »Schön dich zu sehen.«

»Finde ich auch. Und, genießt du deinen Ruhestand?«

»Könnte für meinen Geschmack etwas aufregender sein.«

Die beiden machten ihre Bestellungen und setzten sich an einen Tisch.

Sie betrieben Smalltalk, wobei Albert von seinen ersten Tagen als frisch gebackener

Rentner erzähle, indem er das Klischee des alten Mannes, der im Park saß und Enten fütterte, ausprobierte. Es war zu langweilig für seinen Geschmack und er plane schon aufregendere Dinge, wie eine Kreuzfahrt oder ähnliches. Anschließend berichtete Robert von seiner Arbeit.

Schließlich kamen die beiden auf den heutigen Tag und Robert erzählte ihm grob alles, was am heutigen Tage passiert war.

Dabei runzelte Albert die Stirn.

»Aber hast du nicht möglicherweise einen Zusammenhang übersehen?« fragte Albert.

»Oh nein, jetzt klingst du auch schon wie dieser Ashford.«

»Ashford? Raymond Ashford?« fragte Albert Granhill mit plötzlich hellem und wachsamem Interesse.

»Ja, genau der. Sag bloß, du hattest auch schon mit diesem Möchtegern Detektiv zu tun? Rennt durch die Gegend und sieht überall Morde! Einfach nur lächerlich!« entgegnete Robert und er musste feststellen, dass Albert nun nicht mehr lachte. Im Gegenteil, er sagte mit ernster Stimme:

»Ich vertraue dem Wort und dem Urteil von Raymond Ashford.«

Spencer glaubte, sich verhört zu haben und lachte wieder.

»Guter Scherz, Albert. Du glaubst doch nicht ernsthaft, dass…«

Aber was er nicht glauben sollte, erfuhr Albert nicht, da er Robert Spencer unterbrach und nun hörte dieser auch in Alberts Stimme, dass es ihm ernst war:

»Ich verdanke Raymond Ashford und seinem Urteilsvermögen mein Leben.«

Robert Spencer klappte der Unterkiefer herunter.

»Tatsächlich?« fragte er.

»Wenn er nicht gewesen wäre, dann würde ich heute nicht hier stehen und mit dir reden.«

Und er erzählte Robert Spencer jene Geschichte, die sich abends an den Docks abspielte. Als Albert zu Ende erzählt hatte, sagte Robert nichts.

Er hatte jetzt ein ganz anderes Bild über den Privatdetektiv Raymond Ashford.

An den Docks, Harfenviertel von Haven
Sonntag, den 12.07.2009
19:28 Uhr

Die Sonne war nur noch ein schmaler Streifen am Horizont, die einige letzte Spiegelungen auf das Meer zum Festland hin warf. Um diese Zeit war es sehr still an den Docks von Haven. Zumindest an Sonntagen.

Nur in der Ferne sah man gerade noch die groben Konturen eines alten Dampfers. Er gab ein lautes, tönendes Geräusch von sich. Ein leichter Wind wehte.

Ansonsten war nichts zu hören. Hätte man Ryan Ashford nach seiner Meinung gefragt, hätte dieser geantwortet, dass die Docks ein echtes scheiß Viertel waren.

Dort trieben sich entweder unter der Woche die Arbeiter herum, die kaum ein Wort miteinander wechselten, oder andere zwielichtige Gestalten, die sich von der Innenstadt fernhielten. Aber auch die Polizei war machtlos, denn wenn sie mal auftauchte, dann war alles still.

Und so war auch jetzt nichts zu hören, außer dem Wind und dem Knarren der

Balken des Stegs, als der Gehstock von Albert Granhill darauf landete. Seit einem Jahr war er jetzt schon hinter einem Täter her.

Und heute hatte er ihn endlich gefunden. Granhill wusste, dass der Mann, den er jetzt schon über ein Jahr lang suchte, sich irgendwo hier bei den Docks versteckte.

Er folgte dem Steg entlang einiger Hausboote, die hier vor Haven ankerten. Was er jedoch nicht wusste war, dass er geradewegs in eine Falle tappte. »Das letzte Bootshaus.« lautete der Hinweis, den er Tage davor anonym erhalten hatte, und er marschierte geradewegs darauf zu.

Es war gewissermaßen ein Verzweiflungsakt, da Granhill nun schon Wochenlang ohne weitere Spuren nach seinem Täter suchte.

Der Täter, dessen Identität er nicht kannte, war ein Serienmörder.

Seine Fingerabdrücke wurden bereits bei mehreren Leichen entdeckt.

Er erreichte das letzte Bootshaus und blieb stehen. Hätte er sich umgedreht, hätte er selbst vielleicht den Mann bemerkt, der zwei Bootshäuser davor zum Vorschein gekommen war. Er trug einen Hut, der sein Gesicht   verdeckte und einen langen, schwarzen Mantel. Leise zog der Mann eine Pistole aus seinem Mantel.

Sie hatte einen Schalldämpfer. Er richtete sie auf Granhill. Ein Schuss ertönte und durchbrach schallend die Stille der Docks. Dann war alles wieder ruhig. Selbst der Wind schien für einen kurzen Moment still zu stehen.

Für seine Statur unglaublich flink drehte Albert Granhill sich um, denn er war es nicht, der einen Treffer einsteckte, sondern der Mann hinter ihm. Er fasste sich einmal kurz an die Seite, wo ihn eine Kugel durchbohrt hatte und kippte dann geradewegs ins Meer. Eine Wasserfontäne spritze nach oben, als der Mann darin landete. Jetzt konnte Albert die Umrisse einer weiteren Gestalt erkennen, die am Ende des Stegs stand. Es war Raymond Ashford. Ihm war der Hinweis, den Granhill erhielt, von Anfang an suspekt gewesen. Also war er ihm unauffällig gefolgt.

Aber er tat nicht nur das, sondern er rettete auch das Leben von Albert Granhill, was dieser bis zu seinem Lebensende niemals vergessen würde.

Später suchte man nach der Leiche des Mannes, konnte sie aber nie finden. Sie trieb womöglich weit hinaus auf das Meer, bevor sie letztendlich unterging. Und damit war einer der größten Falle im Leben von Albert Granhill und Raymond Ashford nun endgültig abgeschlossen. Zumindest hatte man dank Raymond eine Identität für den Mann.

Er hieß Stanley Reece. Und dieses Wissen trieb einen entscheidenden Keil durch Katharina Mays und Raymonds Leben.

Und Granhill? Er zog die falschen Schlussfolgerungen, genauso wie es Raymond später bei Cudney und Niro tun würde.

Doch zumindest hatte Albert Granhill die Hilfe von Raymond Ashford. Und diese Hilfe würde viel später auch Raymond von ihm erwarten.

Die »Alte Garage«, Lower Main Road
Dienstag, den 04.05.2010
19:32 Uhr

Ein schwarzer Van, die hinteren Fenster verdunkelt, fuhr in die Alte Garage. Der eigentliche Name der sogenannten »Alte Garage« lautete Center Parking Lot. Es war ein Parkhaus mit einem Untergeschoss und drei Ebenen für Fahrzeuge, die oberste dabei unter freiem Himmel. Als aber Havens Innenstadt immer größer wurde, hauptsächlich in den Jahren 1960-1980 baute man schließlich im Jahre 1962 ein zweites, viel größeres Parkhaus.

Es besaß zwei Untergeschosse sowie fünf Parkebenen. Es bekam den Namen New Center Parking Lot. Schnell aber setzte sich unter Havens Mitbürgern die Namen »Alte Garage« und »Neue Garage« durch.

Viele Mitbürger kennen nicht mal den eigentlichen Namen. Sollte also ein armer Außenstädter, der kein Navigationsgerät besaß, einen Bürger nach dem Center Parking Lot fragen, würde dieser wohl verzweifeln, da er keine vernünftige Antwort bekommen wurde.

Da die Stadt aber in den späten Siebzigern einen erneuten Boom erlebte und auf die Größe von heute anwuchs und nicht mehr als eine bloße Kleinstadt galt, wurden viele weitere Parkhäuser gebaut. Die Alte Garage war heutzutage, bis auf ein paar Kinder, die dort ab und zu spielten, völlig verlassen und nicht mehr viele Leute, außer vielleicht den alten Einwohnern und ein paar anderen, kannten den Namen Alte Garage noch.

Die »Neue Garage« wurde schließlich nur noch »Garage« genannt. Und genau so nehmen Traditionen und Gebräuche in Haven ihren Lauf: Sie wechselten und veränderten sich.

Der schwarze Van stoppte im hinteren Teil des Parkhauses. Es war wie erwartet komplett leer.

Niro stieg aus der Fahrerseite aus. Daneben sprang auch Coby aus dem Wagen. Gemeinsam öffneten sie die hintere Tür, die zur Seite rollte. Sie zerrten Katharina May, die gefesselt und geknebelt war, aus dem Auto und warfen sie unsanft neben die Fahrertür.

Sie stöhnte kurz vor Schmerz auf.

Niro nahm ihr den Knebel ab. Sofort beschimpfte sie Niro, was diesen jedoch keineswegs störte. Im Gegenteil, er genoss der Wehrlosigkeit von Katharina.

Es erinnerte ihn an seine Befragungen, die er während dem Krieg durchgeführt hatte.

»So, Ms. May. Wer weiß noch außer Ihnen und Mr. Ashford von Aftermath?« fragte er sanft.

»Niemand«, schrie sie ihn an.

»Sind Sie sich da ganz sicher? Ich werde nämlich nicht gerne belogen.«

Katharina hatte schlagartig eine Idee, die Niro möglicherweise beunruhigen konnte. »Na schön«, sagte sie. »Wir haben es der Polizei gemeldet. Wir arbeiten mit denen zusammen! Undercover, verstehen Sie?«

Niro schlug ihr ins Gesicht. Sie begann an der Lippe zu bluten.

»Sie lügen«, sagte er scharf.

»Woher wollen Sie das wissen?« keuchte Katharina angestrengt. Sie spuckte Blut, dass auf den Boden und auf die Hose von Niro flog.

»Ray hat längst die Polizei gerufen!« Coby schien nun zunehmend nervöser zu werden, aber Niro blieb noch immer ruhig.

»Na schön, du kleine Lügnerin. Ich glaube dir kein Wort. Aber das ist sowieso egal, weil ich dich gleich töten werde, sobald ich mit deinem Freund fertig bin«, sagte er, nachdem er sie noch eine Weile angeschaut hatte.

»Coby, fessle diese Schlampe wieder und bring sie nach oben in den dritten Stock. Ich oder der Boss werden uns um sie später kümmern. Danach verschwindest du im Unterschlupf. Wir treffen uns dann dort. Ich will nicht, dass du hier bist, wenn es heiß wird.«

Coby gehorchte sofort und stellte keine Fragen mehr. Er knebelte Katharina wieder, hob sie mühelos auf seine Schulter und lief Richtung Treppe. Sie versuchte sich noch angestrengt zu wehren, aber diese Mühe war vergebens. Coby bemerkte kaum die schwachen Schläge, die Katharina ihm mit zusammengebundenen Händen auf seiner Schulter versetzte. Mit einer Hand öffnete er die Tür zum Treppenhaus. Die Tür flog hinter ihm zu und schallte laut in der nahezu leeren Garage.

Niro wartete unterdessen und überlegte. Er würde jetzt nicht mehr »der Boss« sagen brauchen. Denn das war er selbst. Coby war nun sicher aus der Sache und denkt, es gäbe den vermeintlichen Boss, der für alles verantwortlich war und Niro würde einfach nur seinen Teil kassieren.

Der Gedanke klang gut, so sollte es sein. Aber Niro wollte mehr als nur das. Mehr für sich und seine zwei Brüder. Bei diesem Gedanken lud er seine Waffe durch. Auch dieses Geräusch erzeugte ein lautes Echo in der Garage.

»Raymond Ashford«, murmelte er vor sich hin. »Dich kauf ich mir! Dank dir ist Ricky im Knast! Und ich kann es nicht zulassen, dass du meiner Familie noch mehr Schaden wirst!«

Dr. I. Parell Arztpraxis,
Royal Star Avenue No. 12, Uptown
Donnerstag, den 27.03.2003
09:14 Uhr

James Peter Cudney saß in dem kleinen Wartezimmer seines Arztes, Dr. Igor Parell. Parell war einer der führenden Ärzte in ganz Haven. Seine beiden Schwerpunktfächer waren die Allgemeinmedizin und die Psychologie.

Zudem kam noch ein gutes und auch sehr einfühlsames Menschenverständnis. Sein reicher Kundenkreis und seine besonders guten medizinischen Fähigkeiten ermöglicht es ihm, ein gemütliches Leben zusammen mit seiner Frau in der Uptown, dem Reichenviertel von Haven, zu führen. Kinder hatten die beiden keine.

Er kannte James und dessen Vater schon seit mehreren Jahren, immerhin war er ihr persönlicher Hausarzt. Es war es auch gewesen, der bei Howard Cudney den Krebs festgestellt hatte, allerdings war es damals schon zu spät. James Peter hatte in den ganzen Jahren nicht einmal geweint, oder sonst auch nur irgendeine kleine

Regung an Gefühlen gezeigt. Das war der Grund, warum er heute auch hier war.

Denn es gab doch etwas, dass er fühlen konnte: Angst. Und sie begleitete ihn ständig.

Angst, die Firma nicht halten zu können. Angst, seinem Vater nicht gerecht zu werden und vor allem Angst, Geld zu verlieren. Geld war für James der Ersatz für seinen Mangel an Gefühlen, obwohl er selbst das nie richtig wahrgenommen hatte und womöglich auch nie begreifen würde. Aber es war da.

Der Tod seines Vaters gab ihm zu denken, was seine Gefühlswelt anging und genau deshalb saß er auch diesen Vormittag bei Dr. Parell.

James hatte seine Untersuchung bereits hinter sich. Er war der erste an diesem Morgen. Nun saß er still im Wartezimmer, wo außer ihm noch irgendein fetter Bankdirektor, der an Diabetes leidet, saß.

Die Durchsage aus den Lautsprechern riss James jäh aus seinen Gedanken:

»James Peter Cudney, Behandlungszimmer Zwei, bitte.«

Er stand auf und dann war sie wieder da: Die Angst.

Als er das Zimmer betrat saß Dr. Parell bereits da. Er war ein kleiner Mann mit kurzen, schwarzen Haaren und einer noch kleineren Brille. Zudem hatte er eine große Stirn, auf der sich Denkfalten abzeichneten. Er füllte gerade ein Formular aus und blickte auf, als James in das Zimmer kam.

»Mr. Cudney. Setzen Sie sich«, quakte er.

James setzte sich auf die andere Seite des Tisches.

»Ich habe hier den fertigen Untersuchungsbericht.«

James sagte nichts, also redete Igor Parell einfach weiter. Dabei schob er ein Dokument auf die Tischseite vor James.

»Um es kurz zu machen: Sie leiden an einer Form von Alexithymie, oder einfach gesagt: Gefühlsblindheit.«

James zuckte daraufhin kaum merklich. In gewisser Art und Weise hatte er so etwas oder vergleichbares schon längst geahnt.

Dennoch war etwas in ihm wieder aufgeflammt.

Die Angst.

Er dachte über diese Dinge zum ersten Mal bewusst nach, sagte aber immer noch nichts.

»Ihre Gefühlsblindheit ist aber nur bedingt und spezifisch ausgeprägt. Ich nehme an, Sie sind in der Lage, negative Emotionen wahrzunehmen, wenn Sie es zulassen«, brabbelte Dr. Parell noch immer auf ihn ein. Er schüttelte seufzend den Kopf: »Es ist bestimmt nicht einfach, nur mit negativen Emotionen zu leben. Ich wundere mich, wie Sie das all die Jahre über geschafft haben.«

Und zum ersten mal antwortete Cudney: »Ja, dass frage ich mich auch. Danke Doktor.«

Und er stand ohne ein weiteres Wort auf und ging. Dr. Parell schaute ihm nach, rief ihn aber weder zurück noch sonst irgendwas. Er weiß, das Cudney Angst fühlte, aber er wollte Cudney nicht darauf ansprechen. Das sollte er von selbst tun und darauf würde Parell warten. Er schickte die Untersuchungsergebnisse mit der Diagnose zu James Peter Cudney nach Hause.

Aber ihn selbst hatte er gerade zum letzten Mal in seinem Leben gesehen. Denn Cudney ging danach nie wieder zum Arzt.

Die »Alte Garage«, Lower Main Road
Dienstag, den 04.05.2010
19:49 Uhr

Keuchend kam Raymond vor der Alten Garage zum stehen. Er wog seine Möglichkeiten ab:

Der einzige Weg in die Garage führe geradewegs durch die Einfahrt. Über das Dach hineinzugelangen schien Raymond unmöglich, es war immerhin sehr hoch und er konnte nirgendwo hochklettern.

Nachdem er zwei Minuten lang hektisch nach einer anderen Alternative gesucht hatte, gab er schließlich auf und stürzte geradewegs durch den Haupteingang.

Er sprintete direkt auf einen schwarzen Van, dem einzigen Fahrzeug in der Garage, zu und kam davor erneut zum stehen.

»Kate? Wo bist du?« rief Raymond. Aber zur Antwort hörte er nur sein eigenes Echo widerhallen.

»Na los, Cudney! Zeig dich!«

Diesmal hörte er jemanden lachen. Hinter dem Van kam ein großer Mann zum Vorschein. Raymond glaubte nicht, ihn je zuvor gesehen zu haben. In seinen Händen hielt er eine Waffe. Sie war entsichert und zeigte genau auf Raymond. Er lachte wieder mit diesem höhnischen Unterton und sagte:

»Durchaus eine gute Spürnase, Mr. Ashford. Ja, wirklich, von James Peter Cudneys Auftreten her könnte man meinen, er wäre der richtige für so was. Das kann einen manchmal echt blind machen, wissen Sie.«

»Wer sind Sie?« schrie Raymond den Mann an.

»Das haben Sie mich schon mal gefragt und ich sagte, wen interessieren schon Namen? Aber wenn Sie es unbedingt Wissen wollen: Man nennt mich Niro.«

»Sagen Sie mir sofort, wo Kate ist!« fauchte Raymond.

»Oh, irgendwo hier. Aber ich habe eine Waffe, also sollte Ms May Ihr kleinstes Problem sein.«

»Und Cudney?«, hackte Raymond nach. Wieder lachte Niro ihn aus:

»Wie ich bereits sagte. Wenn man einmal einer Sache zu sicher ist, blendet man schnell andere Optionen aus. Cudney ist eine wunderbare Verbindung zu Allem, nicht? Passendes Motiv, keine Reue und Kontakte zum CLAB durch seinen Bruder.

Ist Ihnen nie in den Sinn gekommen, dass Leon oder einer der anderen vielleicht auch noch andere Freunde hatte, denen er nach dem ein oder anderem Glas Bier doch zu viel erzählt hatte?«

Raymond schwieg. Über weitere Optionen hatte er nie weiter nachgedacht. Er war sich seiner Sache mit Cudney sicher. Zu sicher, stellte er nun fest. Die Konsequenz daraus war, dass er sich nun mit jemandem konfrontiert sah, den er nicht einschätzen konnte.

»Zeit schinden«, dachte er.

Raymond beschloss, den Mann noch ein wenig in ein Gespräch zu verwickeln, um sich ein besseres Bild zu machen.

»Cudney hat also nichts damit zu tun?« fragte er deshalb. Niro schüttelte langsam den Kopf und sagte grinsend: »Ihr Gesicht sagt mir, dass Sie das jetzt auch erkannt haben. Versuchen Sie keine Zeit mit sinnlosem Geplapper zu verschwenden.«

»Sagen Sie mir, warum zur Hölle das alles?«

»Warum?« fragte Niro sanft. »Ich bin der Älteste meiner Brüder und ich würde alles dafür tun, um immer für sie zu sorgen.

Wenn ich die Formel erst einmal verkauft habe, werden wir keine Probleme mehr haben. Nein, dann wirklich nicht mehr.«

»Sie sind verrückt! Glauben Sie wirklich, dass sie damit durchkommen?«

»Aber natürlich. Wer soll mich denn bitte davon abhalten? Um Ms May werde ich mich kümmern, sobald Sie aus dem Weg sind. Und jetzt, büßen Sie im Namen meines Vaters!«

Beinahe hätte Raymond seinem letzten Satz soviel Aufmerksamkeit gewidmet, dass er gestorben wäre, weil ihn der Schuss getroffen hätte.

Aber Niro machte zum ersten Mal selbst einen Fehler. Er hob seine Waffe zuerst, bevor er abdrückte. Das ließ Raymond einen kleinen Zeitraum um zu reagieren.

Er hechtete beiseite und griff dabei nach seinem Revolver. Niros erster Schuss riss ein gewaltiges Loch in Raymonds offenes Hemd. Raymonds eigener Schuss verfehlte Niro nur um wenige Zentimeter, da dieser hinter den Van sprang.

»Was meinen Sie mit Ihrem Vater?« rief Raymond hinter der Säule, an der er Deckung suchte, hervor.

»Denken Sie nach!« gab Niro zurück. »Wenn Sie dafür noch lange genug Leben!« Raymonds Schüsse trafen den Van an zwei Stellen. Er traf die Scheibe der Fahrerseite, die sofort zersprang und die Motorhaube, wo der Schuss ein Loch hinterließ.

Niro zielte auf Raymond, der jedoch sofort hinter der Säule verschwand. Der Schuss prallte an der Säule ab.

Sie waren beide in der Zwickmühle. Aber Raymond hatte eine Idee. Er zielte auf das Deckenlicht und drückte ab. Die Lampe zersprang und es wurde dunkel.

Funken sprühten aus der kaputten Birne, was ein wildes Flackern erzeugte. Niro war kurzzeitig abgelenkt, was Raymond sich zunutze machte und nun auf die andere Seite des Vans sprintete.

Niro bekam das nicht mit. Raymond spähte am Kofferraum vorbei und sah, dass Niro auf ihn zukam, ihn aber nicht entdeckt hatte. Raymond umkreiste den Van von der anderen Seite und schlich sich leise an Niro von hinten heran, der gerade den Kofferraum erreichte. Er holte mit seinem Revolvers zu einem gezielten Schlag aus.

Es gab einen dumpfen Schlag und Niro sank zu Boden. Er nahm ihm augenblicklich die Waffe ab und steckte sie ein. Sonst hatte er nichts bei sich.

Nun überlegte er, was er als nächstes tun sollte. Er hatte Kate noch nicht gefunden und er befürchtete, dass es damit noch nicht vorbei war. Dann blieb da noch, auch wenn es ihm momentan nebensächlich erschien, die Frage nach Aftermath. Niro hatte nichts bei sich. Hatte er sie in einem Versteck? Vielleicht fand er Hinweise im Van, wobei er dies bezweifelte.

Er brauchte Hilfe und hatte momentan nur einen einzigen Ansprechpartner, dem er vertraute. Er nahm sein Handy und wählte die Nummer von Albert Granhill. Es läutete dreimal, ehe er dran ging.

»Mr Raymond Ashford! Gerade sprachen Robert Spencer und ich über Sie«, begann er. Aber Raymond unterbrach ihn sofort.

»Mr. Granhill, hören Sie bitte genau zu. Ich bin in der Alten Garage und habe vermutlich den Täter hinter Aftermath und den Morden. Kommen Sie sofort her. Ich muss jemanden finden, der entführt wurde!«

»Mr. Ashford? Was hat das zu bedeuten?«

»Ich erkläre es Ihnen später! Spencer ist bei Ihnen? Bringen Sie ihn mit und sagen Sie ihm, ich habe den Mann, der hinter den Morden steckt. Los, Beeilen Sie sich!« gab Raymond schnell zurück, ehe er auflegte.

Jetzt verschwendete er keine weitere Zeit mit Gedanken an Niro, denn mittlerweile wusste er auch, was ihn die ganze Zeit beunruhigt hatte.

Auf der Beifahrerseite des Vans waren Spuren, so als hätte da jemand gesessen. Zudem glaubte er nicht, dass Niro Kate nach oben getragen hatte, denn dann hätte er vielleicht Raymond verpasst.

Es musste noch jemanden geben. Und wer weiß, was Kate gerade zustieß. Da nahm er sogar die Anwesenheit von Robert Spencer hier in Kauf. Er rannte zu der Tür, die in die oberen Stockwerke führte und stieß sie auf. Hätte er nachgedacht und sich umgeschaut, wäre ihm vielleicht aufgefallen, dass Niro sich allmählich von seinem Schlag erholte.

O'Neill's Pub, Harper Road No. 27
Samstag, den 01.05.2010
23:11 Uhr

Es war nach elf Uhr am Abend und meistens die Zeit, in der O'Neill's Pub leerer wurde. Raymond beobachtete, wie die zwei Frauen aufstanden und ebenfalls gingen.

Offensichtlich war die eine, die ihn angesprochen hatte, trotzig geworden, denn sie würdigte ihn keines Blickes mehr, als sie ging. Das war vielleicht auch am besten so.

Jetzt war wirklich nicht mehr viel los.

Außer zwei Kartenspielern, die in einer Ecke Blackjack um ein paar Pence spielten sowie ein weiterer Gast, der ebenfalls seinen eigenen Gedanken nachhing, war niemand mehr da.

Mit grimmigem Ausdruck polierte O'Neill ein weiteres Glas auf Hochglanz und stellte es in das Regal zu den anderen.

Raymonds Gedanken führten ihn zu eine der wenigen Sachen, in dem er richtig gut war: Seine Arbeit als Ermittler.

Ermitteln ist etwas, dass ihn permanent antrieb und das er schon seit seiner Kindheit tun wollte. Seit dem Tod seiner

Eltern schwor er sich, die oder den Täter zu finden, der dafür verantwortlich waren.

Und sein Onkel Ryan war der Zugang dazu. Viele Jahre lang arbeiteten sie Hand in Hand, lösten viele ungeklärte Fälle, in der selbst die Polizei nicht weiterkam.

Aber auch Kleinigkeiten standen häufig auf dem Programm, sei es um herauszufinden, ob ein Mann seine Frau betrog oder selbst Banalitäten wie das Aufspüren einer Katze. Das mochte im ersten Moment seltsam klingen, aber es machte die beiden Ashfords sehr beliebt. Und sie hatten diese Kleinigkeiten nie ganz aufgegeben. Viele Menschen in Haven wussten, dass sie in der Detektei Ashford immer ein Ohr fanden, dass zuhörte. Das war auch eine der großen Stärken von Ryan.

Und schließlich fanden die beiden sogar Hinweise auf den Mord von Raymonds Eltern. Ryan war nicht weniger um Aufklärung bemüht als Raymond, nur waren Raymonds Gefühle stärker.

Aber die Spuren verliefen im Sand. Vielleicht hätte Raymond mehr entdeckt, wenn er nicht zeitgleich einen anderen, großen Fall gehabt hätte, wo er Alberts Leben rettete.

Es veränderte vieles.

Hinsichtlich seiner Beziehung zu Kate, als auch zu seiner Arbeit. Als Raymond vor der Lösung des Falles stand, verschwand Ryan plötzlich spurlos. Und Raymond verlor jede Motivation, an etwas Großem zu arbeiten.

Das ganze nächste Jahr zog er sich zurück. Er wollte nicht ohne Ryan arbeiten.

Bis heute war er fast jede Woche bei O'Neill und dachte über diese Dinge wieder und wieder nach. Aber ihm war auch bewusst, dass er zurückkehren musste, sich wieder der Arbeit zuwenden.

Deshalb nahm er den Auftrag des Juweliers an und stellte tatsächlich einen der zwei Diebe. Unterdessen hatte er jedoch wenig Kontakt mit Dave, seinen Cousin.

Nach dem Verschwinden von Ryan entfremdeten sich die beiden und wanden sich ihren eigenen Problemen zu. Dave versank immer mehr in seinem Forschungsprojekt. Und Raymond tat nichts. Aber jetzt war er auf dem Weg zurück. Das nahm er sich an diesem Abend fest vor. Er wolle wieder zurück an die Spitze, besser als je zuvor.

Er zahlte seinen Whiskey, stand auf und verließ ebenfalls den Pub. Jetzt waren nur noch die Kartenspieler und der andere Kerl dort. Und Raymond Ashford nahm sich vor, sein Leben und seine Arbeit wieder auf die Reihe zu bekommen.

Denn Haven brauchte ihn.

Die Menschen brauchten ihn.

Kapitel IV

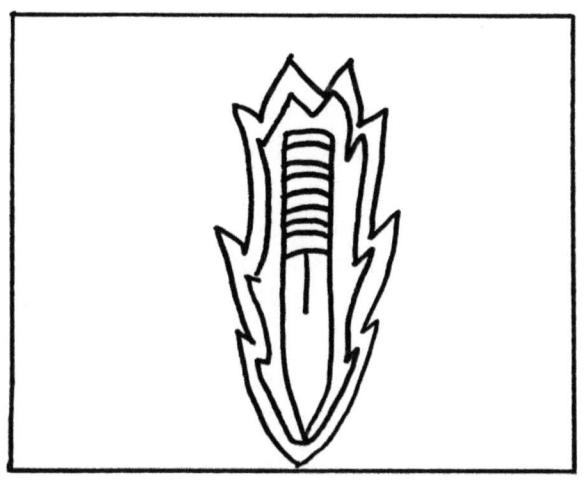

Der letzte Trumpf im Ärmel

Die »Alte Garage«, obere Stockwerke, Innenstadt von Haven
Dienstag, den 04.05.2010
20:18 Uhr

Die Tür des Untergeschosses führte geradewegs in das Treppenhaus.

Raymond sprintete die Treppen hinauf, ohne dabei groß anzuhalten. Er nahm mehrere Stufen auf einmal. Sein Hemd mit dem Einschussloch flatterte hinter ihm und er hielt eine Hand immer griffbereit an seinem Revolver.

Unterdessen lag Katharina May bewusstlos auf dem Boden des dritten Stockwerkes. Neben ihr kniete ein Mann, der gerade dabei war, eine Spritze in ein kleines Gläschen einzutauchen.

Raymond erreichte das erste Stockwerk, riss die Tür auf und spähte hinein. Es war leer.

Der Mann zwei Stockwerke darüber mischte nun irgend ein Gift in das Glas und zog die Spritze auf.

Raymond erreichte den zweiten Stock, riss abermals die Tür auf. Das Stockwerk war wie ausgestorben.

Nun führte der Mann geschickt die Spritze an den Hals von Katharina.

Raymond keuchte, als er das dritte Stockwerk erreichte. Er riss die Tür genau in dem Moment auf, als der andere Mann, den Raymond zunächst nicht erkannte, die Spritze an ihren Hals hielt.

»Halt!« schrie Raymond aus voller Kehle. »Fallenlasswn!«

Als der Mann Raymond erkannte, lies er sofort die Spritze fallen und rannte los. Raymond sprintete in zwei großen Sätzen vor zu Kate. Sie bewegte sich nicht mehr, aber Raymond erkannte, dass sie noch atmete.

»Kate? Kate?« rief er und schüttelte sie.

Keine Antwort.

Raymond sah in ihr Gesicht. Ihre Lippe blutete. Aber er sah ihre Brust, die sich hob und senke.

Der Mann hatte jetzt schon einen beträchtlichen Vorsprung und er würde ihn nicht damit durchkommen lassen. Er griff nach der Spritze und steckte sie schnell ein, ehe er sich selbst an den Flüchtigen dran hängte. Er hoffte flehentlich, dass Kate es schaffen würde.

Der Mann rannte Zickzack und als er sah, dass Raymond sich bedrohlich näherte, beschleunigte er seine Schritte.

Raymond zog seinen Revolver aus dem Hohlster und versuchte, den Mann zu treffen.

Er schoss, verfehlte in aber.

Der Schuss prallte an der Wand ab. Insgesamt schoss er noch weitere drei Mal, verfehlte aber jedes Mal. Ein Revolver eignete sich nicht gut während einer Verfolgung. Nur der letzte Schuss schien zumindest die Jacke des Gejagten auf-gerissen zu haben.

Der Mann vor Raymond sprang über einige quer verlaufende und niedrig angebrachte Balken, die die Parkplätze trennten. Dann rannte er geradewegs auf die Rampe für Autos nach oben auf das Dach.

Raymond folgte ihm keuchend.

Oben auf dem Dach kam der Mann zum stehen. Er stützte sich auf den Knien ab und war offensichtlich außer Atem. Raymond hob erneut seinen Revolver.

»Es ist vorbei! Stehenbleiben!« schrie er. Der Mann drehte sich um und Raymond

klappte vor Erstaunen einem Moment lang
sprachlos.

Auf dem Dach der »Alten Garage«, Innenstadt von Haven
Dienstag, den 04.05.2010
20:30 Uhr

Nun war auch das letzte bisschen Sonnenlicht verschwunden und die Dunkelheit legte sich über Haven. Die Nacht war jedoch klar. Viele Sterne waren am Himmel zu sehen. Aber das alles interessierte Raymond Ashford im Moment nur sehr wenig. Er war verblüfft über die Person, die da vor ihm Stand.

»Sie?« fragte er überrascht.

»Korrekt.« antwortete James Peter Cudney.

»Aber ich dachte…« begann Raymond.

Cudney unterbrach ihn. »…dass dieser Idiot für alles Verantwortlich ist? Glauben Sie wirklich, dieser Kerl da unten, wenn Sie ihn denn am Leben gelassen haben, würde von selbst auf eine so brillante Sache stoßen?«

Er lachte. Und Raymond durchfuhr das unangenehme Gefühl, nicht alles bedacht zu haben. Es war so eindeutig, das Cudney durch seinen Bruder Zugang zu dem

Wissen über Aftermath hatte. Also war Niro nichts weiter als ein trauriger Spielball?

Glaubte er wirklich, es wäre so einfach gewesen?

»Nein«, fuhr Cudney fort. »Ich bin es gewesen, der die ganze Sache ins Rollen brachte.«

»Sie sind ein Monster!«

»Ein Monster?« fragte Cudney ruhig. »Sind Sie sicher? Wer hat denn diese geradezu verbotene Substanz denn entwickelt? War Ihr eigener Cousin nicht auch beteiligt?«

Das stimmte, schoss es Raymond unweigerlich durch den Kopf. Und Zorn überkam ihn. Zorn auf Cudney, der es wagte, die Ideale seiner Familie zu verletzen.

»Er wollte damit nichts Böses. Sie schon!«

»Ich will auch nichts Böses. Ich brauche nur Geld. Stellen Sie sich einmal vor: Jede kriminelle Organisation würde Milliarden dafür bezahlen.«

»Milliarden? Das glauben Sie doch selbst nicht!« fuhr Raymond ihn an.

Cudney lachte abermals.

»Geben Sie es ruhig zu. Ich bin weit gekommen! Glauben Sie, Sie können mich jetzt noch aufhalten? Wir werden sehen.«

Raymond wog seine Möglichkeiten ab. Er hatte eine Waffe. Und Cudney? Er hatte nichts. Nur leere Worte. Bald würde die Polizei hier sein. Daher wäre es das sinnvollste, Zeit zu schinden, um mehr zu erfahren, diese Taktik hatte schon öfters funktioniert. Denn Raymond selbst wollte nun noch etwas Anderes:

Informationen.

Informationen über Aftermath.

»Na gut«, sagte Raymond deshalb. »Sie sind sich Ihrer Sache ja offensichtlich sehr sicher. Warum schildern Sie mir dann nicht den genauen Ablauf?«

»Wenn das Ihr letzter Wunsch ist, wie Sie wollen. Alles begann bei meinem bescheuerten Bruder, der sich fast jeden Tag die Augen aus dem Kopf heulte. Er sagte, seine Kollegen behandeln ihn schlecht. Ich frage ihn aus und Stück für Stück wusste ich alles. Zunächst begann er nur über die Kollegen zu reden, von wegen keiner nehme ihn ernst und jeder hasse ihn. So war er nun mal schon immer: Ein Verlierer.

Dann aber rutsche ihm das Wort Geheimprojekt raus und ich wurde hellhörig. Fortan nahm ich immer öfters Kontakt zu ihm auf, fragte nach seinem Befinden und er fühlte sich geborgen. Ich lud ihn oft zu mir ein und opferte viel meines besten Whiskeys.

Irgendwann erzählte er mir in redseligem und nicht ganz nüchternem Zustand von der Sicherheitsstruktur in CLAB und schließlich vertraute der Dummkopf mir soweit, dass er von Aftermath erzählte. Er konnte gar nicht mehr aufhören. Ich wusste irgendwann jedes Detail darüber. Als er sagte, das Projekt sei fast abgeschlossen und es würde nur noch wenige Tage dauern, musste ich schnell Handeln. Ich wusste, jetzt war die Zeit gekommen. Eines Tages besuchte ich ihn und lies seine ID Karte mitgehen. Das war eine Kleinigkeit, denn der Schussel verlor ständig etwas, ist ihm nicht mal aufgefallen. Zuvor brauchte ich aber noch einen Mitspieler. Jemand, der sich mit Kämpfen und Einbrüchen auskennt. In der Zeitung habe ich von Ihrer glorreichen Verhaftung gelesen und da wusste ich, welchen Mann ich finden musste. Dieser Kerl, der es geschafft hat, zu entkommen. Durch meine Arbeit hatte ich Kontakte in die Unterwelt. Die hatte auch schon mein Vater, das ist in unserem Business nichts Ungewöhnliches. Es war schwierig und dauerte lange, bis ich endlich an Niro herankam. Schließlich vermittelte man mich an diese Person, einen Mann der sein Handwerk eben so gut verstand.

Was hatte ich schon zu verlieren? Wir trafen uns an den Docks um Alles weitere zu besprechen. Also traf ich mich mit ihm am 23. April, dass war ein Freitag, dort unten.«

An den Docks, Harfenviertel von Haven
Freitag, den 23.04.2010
19:00 Uhr

Punkt sieben Uhr abends war James Peter Cudney an dem vereinbarten Treffpunkt nahe des Stegs. Er stand vor einer kleinen Kneipe, aus dessen innerem die Stimmen zahlreicher Arbeiter drangen, die dort ihr Feierabendbier tranken. Unter der Woche war an den Docks von Haven deutlich mehr los als an den Wochenenden. Etwas weiter entfernt beluden einige Matrosen ein Transportschiff, das Güter von England nach Frankreich exportierte.

Cudney sah die Kisten einiger Gin Marken, die ihm vertraut waren.

Der Abend war frisch und Cudney schwitzte unter seinem Sweatshirt. Er trug für gewöhnlich nur dünnschichtige Anzüge, wollte solchen aber an einem Ort wie diesem vermeiden.

Ein Anzug hätte auch verständlicherweise viele Blicke auf ihn gezogen. Zudem wollte er unerkannt bleiben, weswegen er auch die Kapuze über sein Gesicht zog. Niemand fragte danach, denn solche Dinge waren an den Docks nun mal üblich. Hier zählt nur das Motto: Leben und leben lassen.

Einige Minuten vergingen und nichts passierte. Aber Cudney blieb ruhig. Er wusste, dass es üblich war, seine potenziellen Kunden erst einmal zu observieren, bevor man sich ihnen näherte.

Dies tat Niro womöglich auch gerade. Also versuchte Cudney einen selbstbewussten Eindruck zu vermitteln. Nach weiteren drei Minuten kam ein großer Mann wie aus dem nichts auf ihn zu und fragte:

»Entschuldigung? Wissen Sie wie spät es ist?«

Cudney schwieg zunächst, ehe er dann sagte: »Tut mir leid, meine Uhr ist vorhin am zweiten Steg ins Wasser gefallen. Scheiße nicht?«

»Gut«, sagte der Fremde ruhig. »Wir treffen uns drinnen, warten Sie noch einem Moment. Ich werde hinten links sitzen.«

Dann betrat er ohne ein weiteres Wort die Kneipe und einen Augenblick lang wurde das Stimmengewirr lauter, als er die Tür öffnete.

Cudney wartete noch einen Moment, ehe er dem großen Mann folgte.

Drinnen war es laut und die Luft war wesentlich schwüler als draußen. Obwohl die Bar randvoll mit Menschen gefüllt war, konnte Cudney den großen Mann in der Ecke kaum verfehlen. Ohne noch weiter zu zögern, ging er geradewegs auf ihn zu.

»Sie sind Niro, oder?« sagte Cudney während er sich setzte. Der Mann nickte und fragte seinerseits: »Und Sie sind?«

»Der Name spielt keine Rolle. Nur die Bezahlung«, entgegnete Cudney.

Niro nickte erneut langsam.

»Ich verstehe, Sie wissen offenbar gut Bescheid. Was führt Sie zu mir?«

Eine Kellnerin kam und Niro bestellte zwei Biere.

»Nun«, begann Cudney. »Ich habe da eine größere Sache vor und auch die nötigen Mittel. Was ich brauche ist ein skrupelloser Killer, der Zeugen aus dem Weg räumt und jemand, der einen Einbruch in ein gut gesichertes Gebäude begeht.«

Niro lachte ihn aus. »Offensichtlich habe ich mich geirrt. Sie haben von dem Geschäft doch keine Ahnung. Was glauben Sie, was

Sie sich da vorstellen, einen Mord und ein Einbruch.«

»Mindestens vier Morde«, korrigierte Cudney ihn.

Niro lachte wieder.

»Und wer bitte sagt Ihnen, dass ich mich auf so was einlasse?«

»Glauben Sie mir, ich habe mich erkundigt. Sie waren im Krieg und Sie nehmen jede Art von Arbeit an, wenn die Bezahlung stimmt.«

Niro schwieg.

»Und ich kann Ihnen eine sehr gute Bezahlung anbieten«, ergänzte Cudney.

»So so. Sie haben also Ihre Hausaufgaben gemacht und sich informiert«, sagte Niro dann endlich nach einer Weile. »Da bin ich mal gespannt. Erzählen Sie mir, was ich wissen muss. Dann werden wir weiter sehen. Wenn die Bezahlung stimmt.«

Cudney legte einen Briefumschlag auf den Tisch. Niro nahm ihn, schaute hinein und zählte.

»Das ist für's Zuhören.«

Niro staunte nicht schlecht über die Summe, lies sich aber Nichts anmerken.

Er nickte nur.

Und James Peter Cudney erzählte ihm den ganzen Plan. Niro stellte fest, dass der Mann vor ihm doch nicht so viel wusste, wie er tat, sonst hätte er ihm nicht Alles verraten. Aber das machte sich Niro zu nutzte, denn er zog daraus schon insgeheim seine ganz eigenen Vorteile.

Und er schaffte es, die Rolle von Coby zu übernehmen, denn es war Coby, der den Bruch beging, der von diesem Ashford unterbrochen wurde. Aber das wusste der Mann vor ihm nicht und das war auch gut so.

Eine weitere, besondere Sache, die ihn aufhorchen lies, war, als der Name von Dave Ashford fiel.

Also willigte er in den Plan ein.

Auf dem Dach der »Alten Garage«, Innenstadt von Haven
Dienstag, den 04.05.2010
20:43 Uhr

Raymond Ashford sagte nichts, als Cudney seine Ausführungen mit der Begegnung von Niro beendet hatte.

Ihm fehlten die Worte um das Handeln von Cudney auch nur in irgendeiner Weise als gut und verständlich zu heißen.

Anstelle des bisschen an verbleibender Vernunft, die Raymond noch hatte, trat jetzt Zorn und Verachtung.

Er drückte den Hebel seines Revolvers und die Waffe klickte hörbar.

»Sie sind ein Monster! Sie morden und das Alles nur für Geld?« schrie er. »Sie sind krank!«

Cudney lachte: »Und Sie tot.«

Raymond dachte, er hätte jetzt alle Karten in der Hand. Aber er vergaß den Trumpf, den Cudney noch in seinem Ärmel hatte. In seinem Zorn übersah er die veränderte Haltung von Cudney. Er griff in die Tasche seines Sportsakkos und blitzschnell zog er ein Wurfmesser daraus hervor.

Noch während dieser Bewegung warf er es in die Richtung von Raymond. Es traf seinen linken Arm und riss ihm die andere Seite seines Hemdes auf. Ein kleines Rinnsal aus Blut sickerte an Raymonds Arm hinunter. Die Wunde war aber nicht sehr tief.

Unglaublich wendig für seinen kor-pulenten Körper schoss er auf Raymond zu. Er griff nach seinem ausgestreckten, rechten Waffenarm und mit einer ruckartigen Bewegung warf er den Revolver beiseite. Er landete krachend auf dem Boden.

Dabei sprang ein Teil seines Griffes ab. Raymond holte mit der linken aus und traf Cudney mit voller Wucht im Gesicht.

Er strauchelte und Raymond nutzte den Moment, um zu seinem Revolver zu hechten.

Aber wieder unterschätzte er Cudney, der den Schlag von Raymond erstaunlich gut wegsteckte. Er packte Raymond von Hinten und riss ihn beiseite. Raymond landete mit dem Rücken auf dem harten Boden und stöhnte. Nun wollte sich Cudney den Revolver schnappen. Raymond griff nach seinem Bein und zog. Cudney stürzte neben ihm zu Boden und Raymond warf sich auf ihn. Er verpasste ihm zwei Schläge dann drehte Cudney den Spieß um.

Die beiden rauften sich. Raymond nahm flüchtig ein Papier wahr, dass aus Cudney Sakko ragte. Er griff danach, ohne dass Cudney etwas davon zu bemerken schien.

Seine ganze Aufmerksamkeit galt dem Kampf.

Gerade als Raymond wieder die Kontrolle gewann, lachte Cudney hysterisch und griff mit seiner freien, linken Hand erneut in seine Tasche. Das Messer von Cudney fand abermals sein Ziel und riss Raymond eine Seite seines Beines auf.

Er schrie vor Schmerzen.

Und Cudney hatte jetzt den Revolver.

Er richtete sich auf und hielt ihn triumphierend in der Hand. Raymond kniete noch immer am Boden.

»Auf Wiedersehen, Raymond Ashford!«, sagte Cudney mit siegreicher Stimme und drückte ab.

Nichts passierte.

Der Revolver klickte nur.

Er hatte keine Munition mehr.

Er versuchte es erneut. Wieder nur ein Klicken. Jetzt war es an Raymond zu lachen. Er sagte keuchend, denn er war noch immer mit dem Schmerz an seinem Bein beschäftigt:

«Wussten Sie nicht, dass mein Revolver nur sieben Schuss hat und diese schon verbraucht sind?«

Das Adrenalin lies ihn wieder klarer denken. Jetzt erinnerte er sich auch an die 9mm, die er Niro vorhin im Keller abgenommen hatte. Er griff in seine Tasche und zog die Pistole hervor.

»Es ist vorbei, Cudney. Runter auf den Boden!«

Cudney riss die Augen auf.

Er wusste, dass er verloren hatte. Er konnte es nicht fühlen, aber er wusste es. Und da war sie auch wieder:

Die Angst.

»Runter auf den Boden!« wiederholte Raymond mit fester Stimme.

Und nachdem James Peter Cudney alle Möglichkeiten durchdacht hatte, kniete er sich hin und nahm die Hände nach oben. Er sagte nichts mehr.

Die »Alte Garage«, Lower Main Road
Dienstag, den 04.05.2010
20:43 Uhr

Etwa zu der Zeit, als Raymond gerade mit Cudney sprach, fuhr der Bentley Brooke-lands von Spencer vor der Garage vor.

Nach dem Anruf von Raymond verabschiedete sich Spencer hastig von Granhill und meinte, er erkläre ihm Alles später und machte sich sofort auf den Weg.

Granhill wollte protestieren und mit-kommen, aber Spencer lies das nicht zu. Wenn es Schwierigkeiten gäbe, wäre Albert Granhill nicht gut bei Fuß und außerdem hatte er keine Waffe dabei.

Schließlich gab Granhill nach und Spencer fuhr los. Er war näher als die Streife an der Alten Garage. Sie würden ohnehin noch mindestens fünf Minuten brauchen.

Das war vielleicht schon zu viel Zeit.

Deswegen wartete er gar nicht erst auf die Verstärkung, sondern raste mit seinen Wagen direkt in das Untergeschoss. In der Mitte der leeren Garage kamen die Reifen quietschend zum stehen, als Spencer scharf bremste.

Robert Spencer stieg mit gezogener Waffe aus und blickte sich um. Niemand war da. Weder Raymond Ashford, noch der angebliche Täter.

Einen kurzen Moment lang dachte er, es sei alles wohl ein schlechter Scherz von Raymond gewesen, bis er es besser wusste. Das war sicher nicht seine Art.

Er nahm das Untergeschoss genau in Augenschein und entdeckte Reifenspuren an der Stelle, wo vorhin der schwarze Van gestanden war. Und etwas anderes lag da noch:

Scherben. Glasscherben.

Spencer schlussfolgerte richtig.

»Scheiße«, dachte er.

Er ging zur Tür, die zum Treppenhaus führte und stieg hinauf ins erste Stockwerk. Wie zuvor Raymond schaute auch nun Robert Spencer in jedes Stockwerk hinein. Er brauchte dafür mehr Zeit als Raymond, da er gründlicher nachschaute. Im dritten Stockwerk sah er dann die bewusstlose Reporterin Katharina May. Er stürmte zu ihr, fühlte ihren Puls und stellte fest, dass sie lebte.

Sofort griff er nach seinem Handy und wählte den Notruf. Nach dem ersten klingeln nahm jemand ab. »Notrufzentrale, was kann ich für Sie tun?« fragte eine Frauenstimme.

»Mein Name ist Robert Spencer, Haven Police Department. Ich befinde mich im Center Parking Lot, der Alten Garage. Dort gibt es eine verletzte Frau im dritten Stockwerk. Die Polizei ist bereits informiert«, erklärte Spencer ruhig.

»Verstanden«, antwortete die Frau. »Ich schicke sofort einen Krankenwagen.«

»Gut«, sagte Spencer und legte auf. Erneut sah er sich um. Dieses Stockwerk schien ebenfalls verlassen zu sein. Aber dann hörte Spencer plötzlich einen Schrei, der nach der Stimme von Raymond klang. Er versuchte die Stimme zu orten und stellte fest, dass diese vom Dach kam.

Er hastete zurück zum Treppenhaus, rannte die Stufen nach oben und wollte auf das Dach. Aber die Tür im Treppenhaus war verschlossen. Nach drei weiteren, hastigen Versuchen gab er auf und rannte die Treppen wieder nach unten. Er wollte den ganzen Weg quer durch die dritte Etage in Richtung Autorampe rennen.

Sein Tempo war jedoch nicht so hoch wie das von Raymond und Cudney vorhin. Das lag vor allem daran, dass er schnell außer Puste geriet.

»Scheiß Raucherei«, dachte er insgeheim, würde es aber trotzdem nicht aufgeben.

Als er die Rampe schließlich erreichte, hörte er die feste Stimme von Raymond klar zu ihm herunter schallen:

»Runter auf den Boden!«

Er rannte weiter, noch immer mit gezogener Waffe, die Rampe hinauf und sah vor sich Raymond, der blutete und James Peter Cudney.

Einen Moment lang war er sprachlos. Und auch Raymond, der sich nun zu ihm umdrehte, sagte Nichts. Dann hörte man von unten die lauter werdenden Sirenen der Polizei und des Krankenwagens.

Nun war es vorbei.

Raymond nickte Spencer zu und sie richteten ihre Waffen weiter auf James Peter Cudney, der finster zu ihnen hinauf starrte.

Polizeipräsidium, Innenstadt von Haven
Dienstag, den 04.05.2010
22:00 Uhr

»Also gut, Mr. Ashford«, sagte Robert Spencer und zog dabei lange an seiner Zigarette, bevor er sie in den Aschenbecher neben sich legte.

»Fassen wir das Ganze noch einmal zusammen: Es gab zwei Täter, von denen wir wissen. James Peter Cudney, der zusammen mit einem Komplizen, den wir nur als Niro kennen, hinter einem chemischen Mittel namens Aftermath her war.« Raymond Ashford schüttelte den Kopf und lehnte sich in seinem Stuhl zurück.

Die Zigarette im Aschenbecher qualmte noch vor sich hin. Spencer hatte sie völlig vergessen.

Raymond Ashford und Robert Spencer saßen in dessem Büro im Präsidium.

Draußen war es nun völlig dunkel und Spencer hatte zuvor die Jalousien heruntergelassen. Sie waren allein.

»Es gibt keinen Beweis für dieses Aftermath. Nur eine Annahme aus der Aussage von Cudney«, sagte Raymond.

»Aber warum sonst sollte man so verrückt sein, vier Morde und eine Entführung zu begehen?« fragte Spencer daraufhin.

Auf der Rückfahrt erfuhr Spencer von dem kleinen Brand im CLAB und der Ermordung von Dr. Roberts. Den Rest konnte er sich zusammenreimen.

»Ich weiß es nicht«, entgegnete Raymond. »Wir können nur von den Fakten ausgehen. Und die sagen Folgendes: Es gibt keinerlei Hinweise, dass es so was wie Aftermath überhaupt gibt. Wir haben nur die vorläufige Aussage von Cudney. Was aber stimmt, ist die Verbindung aller vier Opfer. Vielleicht haben sie wirklich an etwas gearbeitet, dass keiner wissen sollte und vermutlich werden wir es auch nie erfahren.«

Spencer nahm sich eine Zigarette, ohne die Alte zu beachten, zündete sie an und atmete den Rauch tief ein. Dann lehnte auch er sich in seinen Stuhl zurück.

»Vermutlich haben Sie recht. Wir müssen diesen Niro finden. Vielleicht bringt er Klarheit in das Dunkel. Cudney können wir auf jeden Fall wegen versuchten Mordes und Entführung dran bekommen. Die Spuren von Gewalt an Ms May sind eindeutig und ich werde ein Geständnis aus ihm erzwingen!«

»Wo wir von der Reporterin reden, wie geht es ihr?«

Raymond war nun besorgt, aber er lies es sich nicht anmerken. Ihre Verbindung sollte ein Geheimnis bleiben.

»Mein letzter Stand ist, dass sie in das Center Hospital eingeliefert wurde und ihr Zustand stabil ist. Sie wird in ein bis zwei Tagen wieder nach Hause gehen können. Was hatte Sie eigentlich mit der Sache zu tun? Kennen Sie sie?«

»Ich habe von ihr gehört. Sie ist Reporterin für das Haven News Paper. Meine Vermutung ist, dass sie Dr. Roberts wegen irgendeiner Sache interviewen wollte und dabei etwas zu tief gegraben hatte, was uns wieder zu der Vermutung bringt, dass im CLAB tatsächlich irgendetwas im Gange war.«

Spencer nickte langsam. Dann sagte er:

»Und Sie? Woher wussten Sie so gut über alles Bescheid?«

Raymond beugte sich vor und lächelte:

»Tut mir leid, das bleibt mein Berufs-geheimnis.«

»Nun gut«, sagte Spencer trocken und auch eine Spur enttäuscht.

Raymond erhob sich.

»Wenn Sie Nichts dagegen haben, werde ich nun gehen«, sagte er. »Ich hatte einen langen Tag und möchte schlafen.«

»Selbstverständlich«, entgegnete Spencer, der nun wieder an einer neuen Zigarette zog. Seine Alte von vorhin war bereits verglimmt.

»Können Sie morgen gegen zehn Uhr vorbeikommen um weitere Fragen zu beantworten?«

Raymond nickte.

»Ach ja und eine Sache noch«, rief Spencer Raymond nach, der schon an der Tür war. Er drehte sich um und Spencer stand auf, ging zu Raymond und hielt ihm die Hand hin.

»Ich habe Ihnen viel Unrecht getan und ich möchte mich dafür Entschuldigen.

Außerdem auch noch vielen Dank für die Hilfe.«

Raymond nahm seine Hand und schüttelte sie.

»Keine Ursache«, sagte er, ehe er das Büro des neuen Chief Constable verließ.

Von diesem Moment an wurde jede künftige Zusammenarbeit der beiden erheblich besser.

Spencer saß noch eine Weile still da und dachte über den bisher längsten Arbeitstag seiner Karriere nach.

Hope Bridge, River Ouse
Mittwoch, den 05.05.2010
08:10 Uhr

Verlässt man Haven in nördlicher Richtung, gelangt man auf die Lewes Road, die geradewegs zu dem kleinen Ort Piddinghoe führt. Die Straße verläuft wie der Fluss Namens Ouse.

Irgendwann, kurz vor Piddinghoe führt eine Brücke zu einem größeren, ländlichen Teil von East Sussex.

Nachdem man die Brücke überquert hat, führt nördlich ein Weg direkt zu einer Gabelung des Flusses. Dort gab es ebenfalls eine kleine Brücke, die sogar einen Namen hatte: Hope Bridge.

Sie trug diesen Namen da viele Leute dort Hoffnung suchten. Sei es ein Problem im Privatleben, oder auch eine schwere Zeit bei der Arbeit. Manche glauben, der Ort hätte etwas wie magische Kräfte.

Zumindest glaubt das Raymond Ashford. Wann immer er es für notwendig hält, diesen Ort zu besuchen, geht er zur Hope Bridge.

Er stand dort und starrte hinaus auf den Fluss, der langsam Richtung Meer floss. Um zehn Uhr würde Spencer ihn im Präsidium erwarten, aber zuvor musste er noch etwas anderes klären.

Etwas sehr Wichtiges.

Aus seiner Tasche zog er ein Dokument. Es war die einzige Kopie von Aftermath, die es überhaupt gab.

Ein einziges, handschriftliches Dokument. Es ragte Cudney aus der Tasche, als dieser mit ihm kämpfte. Er hatte nicht bemerkt, wie Raymond blitzschnell danach gegriffen hatte und es in seine eigene Tasche steckte. Es stimmte, es gab keinerlei Beweis für Aftermath außer dass, was er in den Händen hielt.

An diesem Morgen sprach er bereits mit Kate. Sie war froh, von ihm zu hören und sie fühle sich schon viel besser. Raymond sagte, er habe zuvor noch etwas Wichtiges zu erledigen und fragte sie, ob es noch Beweise für Aftermath gab.

Die gab es nicht. Aus den Akten geht hervor, dass die ganze Zeit nie ein Computer verwendet wurde und alle Aufzeichnungen vernichtet wurden.

Das wichtigste Dokument aus dem Labor von Dave, Susan und Leon hatte Raymond sowie die letzte der fünf Proben, die es laut Aktenvermerk gab.

Und die gesamte Akte, die Dr. Roberts besaß, wurde laut Kate von Niros Bruder, einem weiteren Verdächtigen, verbrannt.

Die Polizei würde vielleicht bald von ihm erfahren. Aber keiner würde wissen, dass es sich um Coby, dem zweiten Verdächtigen der Einbruchsserie, handelte.

Aus der anderen Tasche holte er die Spritze hervor. Die letzte Probe von Aftermath. Kurz stand er da und überlegte.

Dann drückte er den Inhalt aus.

Die Flüssigkeit erzeugte einen Strahl, der gleich darauf vom Strom des Flusses aufgenommen wurde.

Er wusste jetzt nur Eines: Aftermath durfte nicht existieren.

Damit hatte Cudney recht, kriminelle Organisationen aller Art würden sich in Windeseile darauf stürzen wie Aasgeier auf eine Leiche. Der Missbrauch von Aftermath würde viel höher sein, als der Zweck.

Raymond ist sich bewusst, dass er da gerade im Begriff ist, das Lebenswerk seines

Cousins zu zerstören. Das tat zwar weh, aber es fühlte sich richtig an. Er zog eine Streichholzschachtel aus seiner Hose und zündete ein Holz an. Es brannte einen Moment, ehe er es an das Papier hielt. Es fing sofort Feuer und brannte. Als es zu drei viertel verbrannt war ließ er es los und die letzten Überreste flogen ebenfalls in den Fluss. Die Fetzen versanken und würden in den nächsten Tagen hinaus in das Meer getragen werden.

Dann ging er, ohne sich noch einmal umzudrehen, zurück Richtung Haven. Das war Raymond eigener, letzter Trumpf im Ärmel.

Natürlich durchsuchte die Polizei später das CLAB, blieb jedoch ohne Erfolg. Man fand legentlich ein paar verbrannte Fetzen. Sämtliche Videoaufnahmen der Kameras waren gestohlen worden.

Für die Einrichtung einer Online Datensicherung reichte dem Laboratorium das Geld nicht mehr.

Und alle übrigen Videobänder hatte Niro mitgenommen.

Und jeder vom Sicherheitsdienst sagte nahezu das Gleiche: Ein Mann hatte sie niedergeschlagen, er war groß, hatte schwarzes, langes Haar und ein markantes Gesicht.

Es gab also keinen handfesten Beweis mehr für Aftermath.

Ein für alle Mal.

Polizeipräsidium, Innenstadt von Haven
Mittwoch, den 05.05.2010
11:00 Uhr

An diesem Morgen hatte Spencer Besuch von Raymond Ashford. Er ging mit ihm nochmal alle wesentlichen Dinge durch, war aber kaum weiter als Gestern.

Die einzige, persönliche Schlussfolgerung, die Spencer für sich getroffen hatte war, dass wenn es so etwas wie Aftermath gab, Niro der Schlüssel dazu sei.

Die Alternative wäre, dass Ms May oder Raymond Ashford im Besitz dieser Formel wären. Spencer bezweifelte jedoch stark, dass Raymond etwas damit zu tun hatte und Ms May würde er befragen, wenn sie wieder vernehmungsfähig war.

Nun war er auf dem Weg zu Cudney, der bereits in einem Verhörraum wartete. Und Cudney sagte ihm alles, was er konnte. Es dauerte keine zehn Minuten, ehe Spencer das Geständnis aus ihm herauspresste.

Die Angst hatte Cudney schließlich doch besiegt. Robert Spencer erfuhr zwei Dinge. Erstens, Cudney erzählte ihm nochmal Alles über Aftermath, zumindest das, was er selbst wusste. Das hatte er gestern schon angedeutet.

Cudney sagte, er habe die einzige Kopie von Aftermath, die er je hatte und es auch je gab, irgendwo im Parkhaus verloren. Später würden Beamte seine Wohnung prüfen, nur um festzustellen, dass er nicht gelogen hatte und wirklich nur diese eine Kopie hatte. Er gab jedoch zu, Kopien anfertigen zu wollen, was er aber letztendlich nicht mehr schaffte. Zudem durchkämmten die Polizisten die gesamte »Alte Garage«, jedoch ebenfalls ohne Spur, außer den Glasscherben, die genauso gut von irgendwelchen Jugendlichen, die dort randalierten, stammen konnten.

Spencer zweifelte zunehmend an der Existenz von Aftermath.

Das zweite, wichtige Detail war, dass es Niro wirklich gab. Nicht nur Raymond bestätigte dessen Erscheinung, sondern auch Cudney selbst. Das einzige, was verborgen blieb, war wie es Niro möglich war, in das Laboratorium einzubrechen.

Cudney sagte weiterhin, dass er keinen der Morde begangen hätte, sondern diese alle auf das Konto von Niro gingen.

Aber das war Spencer egal, denn Cudney war am Ende. Durch sein Geständnis würde er eine ganze Weile hinter Gittern wandern.

Bei der Verhandlung einige Wochen später würde Cudney auch tatsächlich wegen Entführung, Versuchten Mordes, Körperverletzung und Nötigung zu fünfzehn Jahren Haft verurteilt werden.

Er wurde in Lancaster Castle eingewiesen, das im März ein Jahr später geschlossen werden sollte. Aber das erlebte Cudney nicht mehr, denn nach nur drei Wochen Haft unterlag er komplett seiner Angst und erhängte sich in seiner Zelle.

Ein Wärter fand ihn in seiner kleinen und heruntergekommenen Zelle. Er hatte sich mit Hilfe seiner Hose erhängt.

Schuldgefühle hatte Cudney nie. Seine Angst wurde durch sein Versagen ausgelöst. Er hatte seinen Vater enttäuscht und den Betrieb ruiniert.

Aber im Moment war er nur ein Mann, der vor Spencer saß und alles sagte, was Spencer wissen wollte.

Für Spencer selbst war der Tag jedoch Erfolgreich. Die Vernehmung bei Katharina May im Laufe des Tages brachte ihn nämlich weiter. Er erfuhr, dass Sie entführt wurde. Wieder fiel der Name eines großen Mannes mit langen, schwarzen Haaren.

Die Beschreibung passte auf die von Cudney und Ashford. Es musste sich um Niro handeln.

Raymond war an diesem Morgen bei ihr und sagte ihr, sie solle den Namen des Bruders heraushalten, bis sie mehr wussten und nichts über Aftermath sagen.

Genau das tat sie dann auch gegenüber Robert Spencer.

Er konnte nun in den darauf folgenden Wochen die Ermittlung, die Verhandlung und den Fall zwar abschließen, aber es blieben viele Fragen offen.

Gab es etwas wie Aftermath?

Wer war Niro?

Dies waren wohl die für ihn Wichtigsten.

Aber vielleicht bringen ihn die Phantom-bilder, die von den Zeichnern der Polizei, basierend auf den Beschreibungen von May, Ashford und Cudney, angefertigt worden war, irgendwann weiter.

Aber es spielte auch keine Rolle. Im Laufe der Zeit fand Spencer sich damit ab, diese Fragen wohl nie klären zu können.

Schließlich wurde Aftermath für nichts mehr als ein Hirngespinst von James Peter Cudney.

Niro hingegen würde er weiterhin jagen.

Manchmal fragte sich Raymond Ashford auch heute noch, ob es richtig war, so viele Informationen der Polizei vorzuenthalten.

Aber er glaubte, Aftermath wäre eine Angelegenheit, die nur er zu Ende bringen konnte.

Und der andere Bruder? Er würde ihn jagen, so wie Niro, der seinen Cousin ermordete. Aber er wusste nicht, was er tun würde, wenn er ihn jemals finden würde.

Vielleicht auch umbringen? Und am Nachmittag begab Robert Spencer, der keine Ahnung davon hatte, was Raymond noch alles wusste, sich wie geplant auf dem Weg zu seinem Freund in Brighton, um die Münze seines Vaters zu holen.

Während er sie auf der Rückfahrt abends in den Händen hielt und damit spielte, war ihm noch nicht bewusst, wie viel Ärger diese Münze einmal bedeuten würde.

Ohne zu Wissen, wie viel Wahrheit hinter der mysteriösen Formel steckt, entschied Robert Spencer sich, den Fall auf den Spitznamen „Der Aftermath Effekt» zu taufen.

Es war fast so etwas wie eine Tradition geworden, den großen Fällen in Haven enen Spitznamen zu geben, der öffentlich bekannt wird.

Ein treffender Name, dachte Spencer. Immerhin, echt oder nicht, hatte Aftermath eine große Wirkung auf Cudney.

Versteck am Rande des Industriebezirks
Mittwoch, den 05.05.2010
11:00 Uhr

In der Nacht vom Mittwoch auf Donnerstag blieb Niro noch eine ganze Weile wach. Er konnte es noch immer nicht fassen, durch die Dummheit des wohl berühmtesten Detektivs in ganz East Sussex entkommen zu sein.

Neben ihm schlief Coby mittlerweile seelenruhig. Er hatte auf die Rückkehr von Niro gewartet und dieser hatte ihn nicht enttäuscht. Als Niro schließlich mit dem schwarzen Van in die Lagerhalle raste und mit blutendem Kopf von Raymond Schlag ausstieg, hellte sich Cobys Gesicht auf.

Er umarmte seinen großen Bruder lange und innig und Niro war froh, diese Zuneigung zu haben.

Letztendlich beruhigte es Niro mehr, dass Coby sicher war, als sein eigenes Entkommen.

Fortan würde er eine ganze Weile untertauchen müssen. Und er musste sein Aussehen sicherheitshalber ändern.

Daher ging er zu dem Waschbecken, das in einer Ecke stand und öffnete die Schublade eines kleinen Schränkchens, welches daneben stand. Darin lag eine Schere. Er nahm sie und zögerte. Danach schnitt er sich seine langen Haare ab.

Vor ihm lag nach etwa einer Minute ein Haufen schwarzer Haare. Er blickte lange in den Spiegel und starrte sein Bild an. Es schaute mit finsterem Blick zu ihm zurück. Schließlich beschloss er, dass das vorerst reichen musste. Er nahm aus der zweiten Schublade noch eine Brille hervor und zog sie auf. Zudem musste er seinen Kleidungsstil wechseln und einen Bart wachsen lassen.

Aber so war er überzeugt, sich zumindest halbwegs sicher bewegen zu können, solange er sich nur abends bewegte.

Jetzt war sein vorrangiges Problem auch nicht mehr allein Geld, sondern Raymond Ashford. Er hatte noch eine Rechnung mit ihm offen und das nicht nur wegen seinem Bruder Ricky.

Es gab noch mehr.

Er nahm sich ein Dosenbier aus dem Kühlschrank und setzte sich auf die Couch.

Aftermath hatte er auch verloren. Wie so vieles anderes. Beispielsweise seinen Vater. Er musste sich alleine um seine zwei Brüder kümmern seit seinem Tod.

Er überlegte noch bis in die tiefe Nacht hinein über seine weiteren Schritte, blieb aber ohne Erfolg.

Er wollte Aftermath für sich selbst und Cudney zum Schluss aus dem Weg räumen.

Trotzdem hatte er das Glück, selbst entkommen zu sein. Cudney würde ihn womöglich gerade verpfeifen. Aber das war Niro jetzt egal. Er bewegte sich fortan als Geist durch die Stadt.

Wenigstens blieb das Versteck unentdeckt. Nur eine kleine Überraschung für Raymond Ashford schoss ihm durch den Kopf. Noch während er sich über all das Gedanken machte, nickte er auf der Couch ein und lies die mittlerweile leere Bierdose fallen. Sie kullerte über den Boden und blieb schließlich bei dem kleinen Tisch vor dem Sofa liegen. In seinen Träumen stellte er schlimme Dinge mit Raymond an.

O'Neill's Pub, Harper Road No. 27
Freitag, den 07.05.2010
20:07 Uhr

Über eine Stunde lang saßen Katharina May und Raymond Ashford nun in O'Neill's Pub und redeten über die Ereignisse des vergangenen Mittwochs und Donnerstags.

Kate erholte sich im Krankenhaus relativ schnell und konnte es schon donnerstags wieder verlassen. Während sie gemeinsam redeten und lachten, veränderte sich jedoch die Stimmung von Raymond plötzlich.

Kate sah ihn besorgt an und fragte: »Stimmt etwas nicht, Ray?«

»Kate, hör mir zu. Diese Sache damals, mit Stanley Reece.«

»Was ist damit?« unterbrach Kate ihn.

Sie hatte Angst vor dem Thema, aber gleichzeitig wollte sie auch darüber reden. »Es wird an der Zeit, dass wir darüber mal sprechen«, sagte Raymond und setzte ihren Gedanken damit einen Entschluss.

Kate wartete geduldig auf seine Ausführung. Endlich konnte sie seine Sicht der Dinge hören.

»Du musst wissen, Reece war niemals den, für den du ihn gehalten hast, er wollte dich nur benutzen. Ich war nicht eifersüchtig, wie du immer dachtest. Reece suchte etwas und er wollte dich dafür benutzen, warum weiß ich nicht. Vielleicht werden wir es irgendwann herausfinden, aber jetzt ist wichtig, dass du verstehst, warum ich Reece umgebracht hatbe. Es war niemals Eifersucht.«

»Warum hast du mir das damals nicht gleich erzählt?«

»Das wollte ich ja, aber du hast mir nie zugehört, du wolltest es nicht verstehen«, gab Raymond zu und senkte den Kopf. Nach einer Pause, in der Kate darüber nachdachte, sagte sie schließlich:

»Ich bin tatsächlich auf ihn reingefallen?«

»Ja. Und ich bin auch nicht stolz darauf, jemanden erschossen zu haben. Ich habe das nur getan, um so das Leben von Albert Granhill zu retten.«

»Also nie, weil du etwas gegen ihn hattest?«

Raymond blickte einen kurzen Moment empört, ehe er wieder einen neutralen

Gesichtsausdruck bekam und schlicht sagte: »Niemals.«

Kates Augen funkelten. Es schien, als hätte er mit diesem schlichten Wort alles gesagt, was sie je von ihm hören wollte.

»Ich danke dir, dass wir endlich über dieses Thema reden konnten«, begann sie, aber dann schwang darin ein Ton mit, der eine Mischung aus Verzweiflung und Sehnsucht war.

»Ach Ray, ich bin froh, dass wir darüber reden konnten. Endlich, nach diesem langen Jahr. Es wird doch wieder alles wie früher, nicht? Wir werden wieder zusammen arbeiten und einander vertrauen?« Raymond überlegte.

Er stellte sich vor, wie sie wieder gemeinsam arbeiteten, vielleicht, nein sogar sicher, sich auf die Suche nach Ryan Ashford begaben und die Detektei wieder auf vordermann brachten.

Möglicherweise würde er sogar herausfinden, was die Ziele von Stanley Reece gewesen waren, jetzt, da er Kate wieder hatte. Er, der Ermittler im Vordergrund und sie, als treue Journalistin und Frau hinter den Kulissen.

Daher sagte er ihr und es klang sogleich nach Hoffnung, als auch nach einem Versprechen.

»Ja Kate, so wie früher.«

Beide sahen sich tief in die Augen und lächelten. Dabei schwang noch etwas anderes mit, was sie in diesem Moment füreinander spürten: Liebe.

Schließlich sagte Raymond nach einer ganzen Weile etwas sehr merkwürdiges: »Katharina, möchtest du ein Interview?«

Epilog

Vereinigung

Haven News Paper vom 09.05.2010
Sonderausgabe am Sonntag
Titelseite

Drahtzieher von Serienmord verhaftet! Raymond Ashford stellt J. P. Cudney.

Innerhalb kürzester Zeit ereigneten sich in Haven mehrere Morde. Von Montag Abend bis Dienstag wütete ein Serienkiller im Auftrag von James Peter Cudney, ehemaliger Firmeninhaber von »Haven Weapon and Art Restorations« und lies vier Menschen ermorden, darunter Mitarbeiter von CLAB sowie Dr. Roberts, Leiter des Laboratoriums.

Er konnte jedoch durch den bekannten Privatdetektiv Raymond Ashford gestoppt werden.

Die ganze Geschichte finden Sie auf Seite vier.

Ein exklusives Interview mit Raymond Ashford auf Seite fünf bis sechs.

red.

Haven News Paper vom 09.05.2010
Sonderausgabe am Sonntag
Seite 4

»Der Aftermath Effekt«
von Katharina May

Man hätte es auch genau so gut die Tragödie von CLAB nennen können.

Vergangenen Montag und Dienstag ereignete sich das bisher schlimmste Verbrechen in Haven des Jahres:

Drei Angestellte Forscher von CLAB, sowie der Direktor der Einrichtung wurden kaltblütig ermordet.

Die Opfer Dave Ashford, Susan Vault und Leon Cudney wurden alle am Dienstag Tot aufgefunden.

Zunächst sprachen die Beweise von Selbstmorden, da an allen Tatorten Spritzen mit Heroin gefunden wurden. Erst durch das waghalsige Eingreifen von Raymond Ashford, einem Privatdetektiv aus der Stadt, kamen die ersten Zweifel auf.

»Ich dachte, es handelte sich um eindeutige Selbstmorde«, sagte Robert Spencer, Chief Constable des Haven Police

Department. »Bis Mr. Ashford mich auf die Spritze aufmerksam machte. Wir fanden abnormalitäten an Fingerabdrücken.«

Mr. Ashfords auftreten an diesem Tag war alles andere als ein reiner Zufall:

Sein eigener Cousin, Dave Ashford, war das erste Opfer, dass man fand. Im Laufe der Ermittlungen stießen Mr. Ashford sowie Mr. Spencer und sein Team auf die Spur von James Peter Cudney, dessen Verhalten die anderen zutiefst misstrauisch machten.

»Ich hatte ein ungutes Gefühl, aber keine Beweise«, so Spencer.

Zur gleichen Zeit war ich selbst im CLAB, um ein Interview mit Dr. Roberts zu führen. Dabei wurde ich von einem Mann ange-griffen und entführt (Phantombild des Verdächtigen auf Seite sieben).

Aber auch Mr. Ashford, der intern seine eigenen Ermittlungen anstellte, kam auf meine Spur. Er war es auch, der Cudney nach einem Kampf schließlich stellte und der Polizei übergab.

Nach einem kurzen Schock und einem Krankenhausaufenthalt konnte ich mich wieder erholen.

Der Verdächtige Niro ist noch auf der Flucht, aber zumindest der Drahtzieher, der seinen eigenen Bruder auf dem Gewissen hat, wurde verhaftet.

Eine Sache wird aber wohl immer schleierhaft bleiben: Aftermath. Laut Aussage von Cudney selbst war er hinter einem chemischen Mittel namens Aftermath her, dass in CLAB hergestellt wurde. Allerdings gibt es für die These keinerlei Beweise, denn sowohl eine Untersuchung im CLAB, als auch Zeugenaussagen ergaben nichts.

Und alle Personen, die das womöglich wissen könnten sind verstorben.

Ob man nun Mr. Cudney glaubt oder nicht, ist jedem selbst überlassen. Befragte Wissenschaftler bezweifeln die Existenz oder auch nur die Möglichkeit an dieser »chemischen Waffe«, wie sie es nennen.

Lesen Sie darüber ausführlich auf Seite 8.

Haven News Paper vom 09.05.2010
Sonderausgabe am Sonntag
Seite 5- 6

Exklusives Interview mit Raymond Ashford. Sein bisher erstes und womöglich einziges. Durchgeführt von Katharina May, deren Leben von Ashford gerettet wurde.

»Mr. Ashford, wie kamen Sie auf den Fall?«

»Durch meinen Cousin, er war das erste Opfer.«

»Wie haben Sie sich dabei gefühlt?«

»Überlegen Sie mal, das liegt doch auf der Hand, oder?«

»Na gut, eine andere Frage: Wie kamen Sie darauf, dass es kein Selbstmord war?«

»Dave ist Wissenschaftler gewesen. Er hatte keine Verbindung mit Drogen, zumindest nicht auf diese Art. Außerdem machte mich die Spritze stutzig.«

»Warum?«

»Die Lage passte einfach nicht. Und die Fingerabdrücke zeigten, dass die Spritze nur einmal berührt wurde, was unlogisch schien.«

»Wie beschreiben Sie die Zusammenarbeit mit der Polizei. Man weiß von Ihnen, dass diese zur Zeit mit Granhill immer gut klappte, wie ist es bei Spencer?«

»Er ist ein guter Mann, auch wenn er manchmal zu…«

An dieser Stelle überlegte Raymond Ashford lange.

»…voreilig ist.«

»Was viele Menschen wissen wollen, was ist ihr Geheimnis? Warum wissen Sie über alles immer so schnell Bescheid?«

»Ich habe mich vom amerikanischen Fernsehen ferngehalten.«

»Also keinen Hinweis von Ihnen?«

»Nein.«

»Verstehe. Wie beschreiben sie Cudney?«

»Als machtgierig.«

»Sie haben miteinander gekämpft, oder?«

»Ja, ich hatte zugegebenermaßen viel Glück, denn er hatte Wurfmesser bei sich und verstand den Umgang damit. Schließlich gelang es mir aber, die Oberhand zu gewinnen.«

»Was sagen Sie zu dem flüchtigen Mann?«

»Dass wir ihn noch finden müssen.«

»Was würden Sie tun, wenn Sie den Mörder Ihres Cousins begegnen?«

»Nächste Frage.«

»Sind Sie froh, wie die Sache ausgegangen ist?«

»Sie meinen, dass ich Sie gerettet habe?«

»Zum Beispiel.«

»Naja, ich hätte lieber einen Arzt gerettet, die sind wichtiger als die Presse.«

»Warum führen wir dann dieses Interview?«

»Weil ich betrunken bin und meine Meinung sagen wollte.«

An dieser Stelle nahm ich auch den Geruch war.

»Hassen Sie die Presse so sehr?«

»Sie stellen die Dinge leider nie richtig da.«

»Was halten sie von der Aftermath Theorie?«

»Schwachsinnig, mehr kann ich dazu nicht sagen.«

»Werden Sie wieder aktiv in das Geschäft einsteigen?«

»Ja, das habe ich vor.«

»Nun, vielen Dank, dass Sie sich die Zeit für dieses Interview genommen haben.«

»Keine Ursache. «

Detektei Ashford, Harper Road No. 11
Freitag, den 14.05.2010
05:11 Uhr

Raymond Ashford riss schlagartig die Augen auf und blickte sich um. Er lag in seinem Bett in seinem Apartment über der Detektei. Und er war alleine.

Neben ihm lag ein Exemplar der Haven News Paper Sonderausgabe vom Sonntag. Es ging um die Verhaftung von James Peter Cudney und berichtete im groben die ganze Geschichte, zumindest die offizielle Fassung.

Zudem war es die erste, offizielle Erwähnung der Toten. Der Artikel, der sich über mehrere Seiten streckte, wurde von Katharina May geschrieben. Sie führte ein Exklusives Interview mit Raymond Ashford und als Raymond den Artikel las, musste er zugeben, dass sie gute Arbeit geleistet hatte.

Dieses Interview, das erste, welches Raymond je gegeben hatte, brachte ihr einen guten Batzen Geld ein.

Das war mehr als gerecht. Obwohl keiner, außer Raymond und Katharina selbst, wusste, wie viel sie in Wirklichkeit dazu beigetragen hatte.

Außerdem konnten sie so die Beziehung zueinander gut verschleiern und Raymond baute eine mächtige Distanz zwischen der Presse und ihm auf. Er hoffte, dass er so schnell kein Interview mehr führen musste.

An dem Humor bediente er sich dabei übrigens von Ryan.

Zudem fand er es erstaunlich, wie die Spitznamen der einzelnen Fälle immer an die Öffentlichkeit gerieten.

Der Aftermath Effekt.

Aber im Moment hatte er andere Gedanken. Er überlegte, warum er so früh aufgewacht war. War da nicht ein Geräusch gewesen, dass ihn geweckt hatte? Doch, war es. Es klang, als hätte jemand eine Scheibe zerbrochen.

Er griff in die offene Schublade seines Nachttisches, in der sein Revolver lag und nahm ihn in die Hand. Vorsichtig ging er zur Treppe und schlich hinunter in die Detektei.

Er öffnete die Tür zur Detektei und lies fast seinen Revolver fallen.

Die große Scheibe auf der »Ashford Private Investigations« stand, lag vor ihm in einem Trümmer von Scherben. Sie war eingeschlagen worden.

Raymond schaute sich genau nach allen Seiten um, doch es war niemand zu sehen.

Die Straßen waren leer, so leer wie der Raum, indem er stand. Er ging zu dem Wartezimmer, der einzige unverschlossene Raum und riss die Tür auf. Auch dieser war leer. Dann machte er einen Satz durch die Scheibe, die nicht mehr da war und blickte die Straßen rauf und runter.

Ausgestorben, wie in der Nacht als Dave Ashford starb.

Raymond ging zurück ins Innere und schaute dort noch einmal nach. Er entdeckte einen großen Stein auf dem Boden. Er hob ihn auf und stellte fest, dass ein Brief daran gebunden war.

Er faltete ihn auseinander und las:

> Mr. Ashford. Es ist noch nicht vorbei! Eines Tages werde ich mich rächen!
>
> Niro

Stumm hielt Raymond den Brief in Händen. Angst hatte er keine, denn er würde Niro ebenfalls weiter jagen.

Solange, bis einer den anderen finden würde.

Er ging zum Wartezimmer und machte sich dort mit der Kaffeemaschine einen starken, schwarzen Kaffee.

Eine Stunde später rief er Spencer an, der am Vormittag vorbeikam und den Stein und den Brief als Beweisstück haben wollte.

Raymond willigte ein. Bis zum Nachmittag hatte er das Loch in der Wand mit Pappe abgedeckt. Da er nichts Besseres zu tun hatte, als auf den nächsten Auftrag zu warten, wollte er alte Akten neu sortieren. Wäre Ryan hier, würde er ihn womöglich dafür umbringen.

Es vergingen zwei Stunden und es war schon später Nachmittag, als Raymond wieder hochschreckte, denn er hörte wieder ein Geräusch. Es war vertraut, aber alt.

Es klang nach einem Mini Checkmate, Baujahr 1990.

Es klang nach Ryans Mini. Raymond sprang auf, rannte zur Tür und riss sie auf. Da parkte wirklich ein Mini.

Und Ryan Ashford stieg aus.

Er war es wirklich und Raymond wollte es kaum glauben. Er dachte, seine Augen spielten ihm einen Streich.

In Raymond flammten viele Gefühle auf, als er in tief in Ryans blaue Augen blickte: Zorn, Angst, Freude und Trauer.

Und Ryan schien auch viel zu fühlen: Kummer, Trauer und Reue.

Raymond registrierte die Sonderausgabe des Haven News Paper auf dem Beifahrersitz. Kam er deswegen zurück?

Wegen Dave?

Oder Sehnsucht?

Vielleicht auch beides. Und warum ging er überhaupt ohne Worte? Diese Frage musste warten. Sie war hier fehl am Platz. Im Moment zählte nur, dass sie beide hier waren.

Vor der Detektei mit der zerbrochenen Scheibe. Sie schwiegen. Selbst Ryan, der früher immer einen Spruch auf den Lippen hatte, sagte Nichts.

Und keine zehn Sekunden später gingen sie aufeinander zu und lagen sich in den Armen.

Und nur das zählte im Moment.

Die beiden lagen sich noch sehr lange in den Armen. Schließlich, es müssen etwa zehn Minuten vergangen sein, gingen sie in die Detektei. Niemand sagte ein Wort, nicht einmal die kaputte Scheibe, über die sie stiegen, schienen sie zu beachten.

Raymond lies zwei Kaffee durch den Automaten laufen, während Ryan es sich in seinem alten Schreibtischstuhl bequem machte.

Raymond konnte sich von diesem nie trennen, auch wenn er jetzt schon sehr alt war. Keiner der Beiden wusste so recht, was er jetzt sagen sollte. Eine unbequeme Stille machte sich breit. Ryan Ashford lies seinen Blick durch den Raum schweifen, bis er schließlich an der kaputten Scheibe haften blieb.

Er sagte: »Wie ich sehe hast du dir mal wieder richtig gute Freunde gemacht.«

Obwohl Raymond noch immer mit den Gedanken woanders war, musste er schmunzeln. So jemandem wie Ryan konnte man einfach nicht lange böse sein.

»Niro«, antwortete Raymond schlicht.

»Bitte was?«

»Das ist der Name von dem Mann, der für die Scheibe verantwortlich ist.«

»Aha«, sagte Ryan und runzelte die Stirn. »Der Name kommt mir irgendwie vertraut vor.«

Er beugte sich hinunter zu seiner alten, braunen Ledertasche und Raymond bemerkte, dass er sie nach all den Jahren noch immer hatte. Er zog daraus eine dicke Mappe hervor.

»Ich bin ja auch nicht faul gewesen.« Ryan schlug die Mappe auf und durchstöberte die darin liegenden Blätter.

Sie waren, wie typisch für Ryan, unordentlich und chaotisch darin verteilt.

Er wühlte eine Weile darin und zog schließlich ein Blatt hervor.

»Ich wusste es!« schrie er und zeigte Raymond ein Blatt.

Es gab viel zu bereden. Und es würde eine Menge Arbeit auf sie warten.

Raymond nahm das Blatt und las.

Er sagte Nichts.

Kleines Nachwort und Danksagungen.

„18.11.2012 23:49 Fertigstellung des Romans"

Dies war der Inhalt einer schlichten Textdatei auf meinem Computer.

Ich finde es faszinierend, wie schnell die Zeit doch vergangen ist. Und noch viel mehr, wie lange dieses Werk herumgelegen hat. Auf der anderen Seite war es die perfekte Gelegenheit, die Geschichte, die mir nicht mehr im vollen Umfang im Kopf war, noch einmal zu erleben. Dabei habe ich festgestellt, dass ich zufrieden damit bin. Ich habe noch viel damit vor, insgesamt soll die Geschichte von Raymond Ashford eine Trilogie werden. Bis dahin ist es noch ein weiter Weg. Aber ich denke, mit meinem heutigen Wissensstand über das Schreiben allgemein ist die Zeit reif, wieder an der Reihe zu arbeiten.

Zwischenzeitlich hatte die Überlegung, das Ganze noch einmal komplett neu zu schreiben. Mir ist nicht entgangen, wie viel teils unnötige Beschreibungen ich verwendet habe. Einige davon habe ich gestrichen, andere nicht.

Klar, es ist ein Erstlingswerk, von meinem sechs Jahre jüngerem ich. Vielleicht haben auch nicht alle Dinge so logisch ineinander gegriffen, wie sie es hätten tun sollen. Dann aber dachte ich mir, die Geschichte einfach mal Geschichte sein zu lassen. Das hier ist die (gute) Basis für die anderen Geschichten rund um den Privatermittler und ich freue mich darauf, den Rest davon zu Papier zu bringen.

Außerdem macht etwas anderes die Geschichte so wichtig für mich: Sie war der Startschuss für die langjährige Beziehung zu Lisa, die mir damals in aller Ausführlichkeit zu diesem Buch Rückmeldung gab und viel dazu beigetragen hat, sowohl an Ideen (beispielsweise die Erweiterung des Epilogs), als auch an Stilkorrekturen. Schlagworte wie „Der Wind verfing sich in der Kapuze" sind dabei bis heute unvergessen. Dafür an dieser Stelle an dich, Lisa, ein herzliches Dankeschön für alles, was du getan hast, damit dieses Werk heute so ist, wie es ist.

Wo wir bei Danksagungen sind: Es gab noch eine Gruppe von Menschen, die dieses Buch, wie es jetzt ist, nachhaltig geprägt haben. Dazu sollte man vorher wissen, dass „Der Aftermath Effekt" ganz ursprünglich einmal ein Drehbuch zu einem Kurzfilm war. Und mehr noch: Wir haben damals wirklich einen Film daraus gemacht. Dieser ist zwar nicht mehr Online zu finden, vielleicht irgendwann mal in der ein oder anderen Form, aber die Darsteller von damals haben die Figuren entscheidend beeinflusst. Ebenso die Handlung. In der Urfassung hatten Kate und Raymond zum Beispiel niemals persönlichen Kontakt und auch eine Entführung gab es nie. Auch der Charakter von Niro oder Spencer hat seine Tiefe erst durch die Menschen, die sie verkörperten, gewonnen. Euch allen ist es zu verdanken, dass das Werk heute so geworden ist!

Besonders herausstellen möchte ich jemanden, die mit vielen Details hinter den Kulissen beteiligt war: Meinem langjährigen Freund und Filmkollegen Philipp, der wie Kate die Arbeit hinter dem Vorhang bevorzugt, auf den aber immer Verlass ist!

Des weiteren dürfen natürlich alle Freunde und Familie nicht vergessen werden, die mir immer zur Seite stehen.

Zuletzt bleibst natürlich noch du, lieber Leser, der bis hierher gekommen ist. Ich hoffe, du hattest Freude am Lesen!

Es gibt noch Vieles zu erzählen, aber nicht an dieser Stelle. Ich hoffe, ihr bleibt dran. Leider kann ich nicht sagen, wann und wie das nächste Werk erscheinen wird, auf jeden Fall sind die Ideen schon da, sie müssen nur noch niedergeschrieben werden. Bis dahin wünsche ich euch allen eine schöne Zeit!

Tobias Mandel, 01.07.2018

Nachtrag:

Ich danke auch Kezia für die ganz tolle Zweitkorrektur, die zusammen mit der aktuellen Korrektur von Lisa den Startschuss für die erste Auflage geben. Endlich!

Die Optik des Buches

Die Gestaltung des Buchcovers stammt aus eigener Feder, aber mit ein wenig Hilfe von außen:

Auf Pixabay.com sind viele talentierte Fotografen und Künstler, so stammt das Bild der dunklen Gasse auf dem Cover von *„PublicDomainPictures"* und die Spritze von *„Clker-Free-Vector-Images"*. Der Hintergrund der Notiz im Epilog ist von *„geralt"*, auch dort zu finden.

Für die Zeichnungen der einzelnen Kapitel zeigte sich Lisa verantwortlich, jene Person, die dieses Werk am längsten begleitet hat.

Danke euch!